병산읍지
편찬약사

조갑상 소설집

창비

차
례

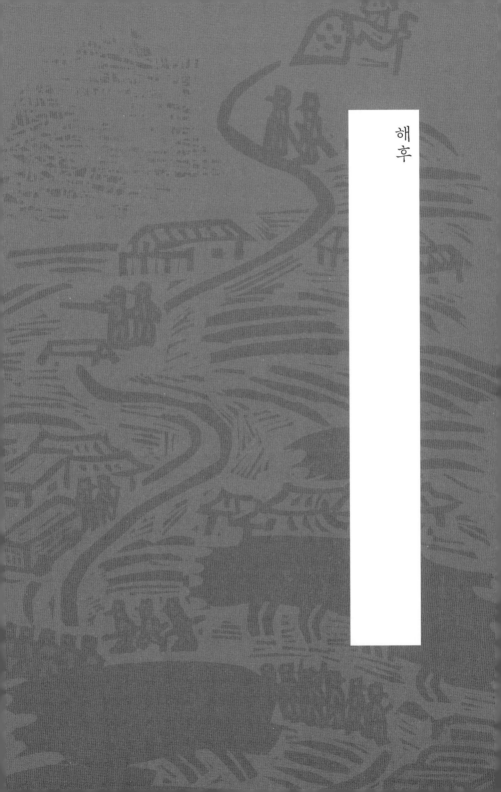

해후

문을 연 게 먼저인지 전등 스위치를 올린 게 먼저인지 알 수 없었다. 문 손잡이와 전등 스위치가 달린 위치가 가까우니 손이 동시에 움직였을 수도 있었다. 낡은 집전기 때문에 형광등에 불이 들어오는 데 시간이 조금 걸리면서 어둠과 밝음이 엇섞이고 옅은 정화조 냄새가 찬 공기 속에 떠돌았다. 목소리가 들린 건 그때였다. "나, 왔네." 시각과 후각에 이어 청각까지 열렸다. 밝아진 형광등 불빛 아래에는 욕조와 세면대, 변기와 그 위의 선반뿐이었다. 정화조에서 올라오는 역한 냄새도 날씨에 따라 한번씩 나던 것이니 별다를 것이 없었다. 문제는 환청이었다. "나, 왔네." 박 영감이 조금 전에 긴가민가 귀청에 닿았던 소리를 되씹으며 거울로 시선을 돌렸을 때 흐릿한 얼굴 형체가 언뜻 보이다 사라졌다. 하나가 아니라 여럿이었다. 발에 막 끼운 슬리퍼를 타고 타일 바닥으로 주르르 미끄러진 건 그때였다. 두 팔을 휘저으며 무엇인가를 잡았을 테고 엉덩이를 뒤로 밀며 발에 잔뜩 힘도 주었을 것이었다. 무릎께가 욕조에 부닥치고 오른손으로는 세면대 한 귀퉁이를 잡다보니 누운 것도 일어선 것도 아닌 이상한 자세가 되었다. 박 영감은 욕조와 세면대 귀퉁이를 붙들고 겨우 바로 섰다. 거울 앞이었다. 혼이 빠진 듯 창백한 늙은이의 얼굴은 박 영감 자신이었다. 문제는 미끄러지기 전에 거울에서 만났던 흐릿한 얼굴 형체들이었다. 그것도 찌그러지고 포개진 괴이한 모습이었다. 제대로 본 게 맞기나 한가. 박 영감은 머리를 흔들었다. 제대로 보았다 하더라도 목소리가 하나면 얼굴도 하나여야 했다. 그는 수도꼭지를 틀고서 손을 쪼물거리며 정신을 가다듬었다. 얼굴을 씻기 위해 팔을 올렸을 때 자신도 모르게 비명이 터져나왔다. 팔을 내린 뒤 두 손을 아주 조금씩 천천히 들어보니 왼쪽 팔꿈치와 어깨에 심한 통증이 왔다. 그는 팔을 내린 뒤 오른손만으로 얼굴을 서너번 문지르고 수건을 찾기 위해 뒤로 돌아섰다. 허리도 아프고 발을 옮기기도 마뜩잖았다. 태연하게 움직여야지 하며 거실로 나왔을 때였다.

"와 그라요? 어디 아프요?"

밥상을 차리던 아내의 눈이 그를 빤히 붙잡았다. 통증을 참으며 제대로 걷는다 했지만 마누라 눈에는 절뚝 걸음이었다.

"쪼매 미끄러졌네."

"조심해야지요. 화장실 문을 조금 열어두면 바닥이 잘 마를 긴데

꼭꼭 닫아두니 그렇지요."

박 영감은 입을 다물었다. 그리고 마누라가 주방 쪽으로 몸을 돌리자마자 조심스러우면서도 재빨리 식탁 의자로 다가갔다. 오른쪽 다리 어딘가가 불에 덴 듯 뜨거워왔지만 그는 이를 악다물고 두걸음을 옮겨 의자 등받이를 꽉 붙잡았다. 마누라가 김이 나는 뚝배기를 들고 돌아섰다. 그는 식탁이 붙어 있는 벽을 보며 서 있었다. 달력이 걸려 있었다. 볼펜으로 동그라미를 두르고 '증산'이라고 써놓은 내일 날짜에 눈길이 갔다. 그곳에서 장인의 산소 이장이 있을 것이다. 마누라가 다시 몸을 돌렸을 때 그는 식탁에 바투 붙어 있는 의자를 뒤로 당기고 엉덩이를 천천히 걸쳤다. 허리가 끊어질 듯 아파왔다.

"제대로 앉으소. 차비 안 내고 버스 앉은 사람처럼 그기 뭐요?"

마누라가 숟가락을 들며 말했다.

"어, 당신 얼굴에, 땀 아니요?"

"땀?"

그러고 보니 등줄기도 땀이 나는지 축축했다. 선뜻 이마로 손을 올리지도 못한 채 할 말을 찾느라 머뭇대는 박 영감을 보던 마누라가 일어났다. 뚱뚱한 내동댁은 몸피에 비해 행동이며 말이 재발랐다.

"미끄러지면서 용을 썼구마는. 밥 잡숫고 어디 한번 봅시다."

"보기는 뭘 본다 말이고, 파스나 붙이면 되지!"

박 영감이 마누라 뒷말에 놀라 목소리를 높였다. 내동댁이 한마디 보태면서 앉았다.

"나이 든 사람이 짐이 돼서 되겠소."

하는 말은 같았지만 뜻은 달랐다. 부부는 내일 일찍 아들 차를 타고 증산으로 가게 되어 있었다. 마누라가 하는 소리야 말뜻 그대로이겠지만 박 영감은 다친 일로 아예 끼이지 못하게 될까 걱정이었다. 그는 대꾸 대신 숟가락을 들었다. 의자를 앞으로 당기지 않아 엉거주춤한 자세였지만 몇숟가락 들고 얼른 방으로 들어갈 궁리뿐이었다. 하지만 된장국을 뜨는데 손이 떨려 국물이 식탁 위에 떨어졌다. 엉덩이는 뒤로 밀려 있었고 상체만 앞으로 내밀었을 뿐 고개를 숙이지 못한 상태였다. 어깻죽지만이 아니라 목이 뻣뻣한 게 더 큰 탈인지도 몰랐다. 박 영감은 숟가락을 내려놓고 왼손을 식탁 밑으로 넣어 의자를 조금 당기려고 힘을 주다 "아야!" 하고 비명을 토하고 말았다. 내동댁이 수저를 놓고 일어났다.

"팔도 아프요? 우선 일어나 바로 앉아나 보소."

내동댁이 영감에게 다가와 손을 내밀다 말고 그냥 의자 등받이만 잡았다. 영감이 찡그린 얼굴로 고개를 저어서이기도 했지만 살 닿은 지가 까마득한 데서 온 반사작용이었다. 박 영감은 시간을 들여 천천히 일어난 뒤 마누라가 밀어넣은 의자에 다시 앉았다. 내동댁은 아무 말 없이 밥을 먹기 시작했다. 서툴게 수저를 놀리는 남편을 살피는 눈길까지 더해서 무슨 다짐이 선 뒤의 단호한 행동처럼 보였다. 박 영감은 마음과 몸이 모두 편치 않았다. 자기 불찰로 일어난 일이 후회되면서 통증은 통증대로 심해지고 있었다.

반공기를 겨우 비우고 박 영감이 일어나자 내동댁은 서둘러 식탁을 치웠다. 그러는 동안 박 영감은 현관에 세워둔 지팡이를 찾아 짚으며 아주 조심스럽고도 천천히 자기 방으로 들어갔다. 문을 닫아걸고 내일까지 꼼짝없이 누워 있으리라는 마음뿐이었다. 그러나 되는 일이 없었다. 마누라가 문을 열고 들어섰다. 반찬만 대충 정리하고 바로 온 것이었다. 내동댁이 선 채로 말했다.

"내일 증산 갈라거든 지금이라도 병원 갑시다. 사진이라도 찍고 무슨 치료라도 받아 움직일 수 있다믄 다행 아니요. 이불 덮어쓰고 누웠다가 내일 더 아파서 못 가는 거보다 안 낫소."

틀린 말은 아니었다. 박 영감은 그때까지 자리 위에 눕지도 못하고 의자에 앉아 있었다. 어깻죽지만 아니라 허리와 목이 아파 눕기도 쉽지 않았다.

"장인어른이 보이데……"

박 영감이 더듬거렸다. 제대로 들은 것은 목소리였지만 입에 익은 '보였다'라는 말이 나와버렸다. 거울에 대해서는 입을 다물었다. 목소리가 하나면 얼굴도 하나여야 한다는 고집은 증산을 장인과 관련된 개인사로 한정해서 기억하고 싶은 그 자신의 심리 때문이었다.

내동댁으로서는 영감의 한마디로 충분했다. 몇십년을 같이 살아온 마누라를 바로 보지 못하고 벽만 보고 앉은 영감이 안쓰러웠다.

"지거끼리 하고 말지, 뭐한다고 안하던 통지를 해갖고 사람 탈나게 하노."

내동댁은 그렇게 중얼대며 거실로 나왔다. 그러고는 전화기를 들어 서슴없이 119를 콕콕 눌렀다.

응급실은 복닥거렸다. 환자들이 연해 들이닥치고 간호사와 보호자들이 종종걸음을 쳤다. 내동댁이 수속을 밟으러 가고 혼자 남은 박 영감은 구경꾼처럼 가만히 지켜보기만 했다. 간호사들이 몇번 지나쳤지만 눈길 한번 주지 않았고 박 영감도 말을 붙이지 않았다. 너무 번잡스러워 정신이 없는데다 피를 흘리며 실려오는 사람들을 보면서 지금까지 아프던 팔다리도 멀쩡한 기분이었다.

"침대에 누우셔야지요."

한참이 지난 뒤 간호사가 박 영감에게 다가왔다. 구급대원들이 침대에 눕히려는 걸 소변본다는 핑계를 대고 여태껏 보호자용 의자에 앉아 있던 박 영감이었다. 문이 열릴 때마다 찬바람이 들어오는 입구 자리였지만 그런 건 박 영감에게는 문제도 아니었다.

"사진 찍고 결과 보몬 금방 나갈 긴데 뭐."

박 영감이 수월하게 답했다.

"엑스레이를 벌써 찍으셨다고요?"

앳된 얼굴의 간호사는 환자가 한 말의 단서라도 찾는 듯이 침대 주위를 살폈다.

"찍고 나몬 금방 나갈 기라고."

"아니, 그건 나중 일이죠."

잠시 헷갈렸던 게 분하기라도 한지 간호사가 목소리를 높였다.

"보호자분이 수속은 하고 계세요? 할아버지 성함이 어떻게 되시죠?"

박 영감은 집사람과 같이 왔다면서 이름을 말했다.

"어디가 아프시죠?"

간호사가 차트에 이름을 기입하며 물었다.

"왼팔하고 어깻죽지…… 아까 119에다 말했는데……"

"구급차 타고 오셨다고요?"

간호사가 차트와 박 영감을 번갈아 보았다. 그때 내동댁이 왔다.

"안 눕고 와 이라고 있소?"

"입원할 것도 아인데 뭐."

"할아버지가 의사세요? 진짜 의사 선생님 오실 테니 기다리세요."

간호사가 조잘대며 물러났다.

내동댁이 부산 외곽 도시에 사는 아들에게 전화를 두번, 서울 사는 아들에게 한번 하고도 한참 뒤에야 진짜 의사가 왔다. 새파란 젊은이였다.

"왜 앉아 계세요? 낙상을 하셨어요?"

"낙상이 아이라 미끄러졌소, 욕실에서."

젊은 의사의 말을 내동댁이 바로잡았다.

"어디를 부딪쳤어요?"

박 영감이 할 말을 찾고 있을 때 내동댁이 나서서 119 구급차에서 들었던 영감 말을 대신 했다. 젊은 의사가 그제야 간호사가 챙겨온 차트를 살폈다.

휠체어로 옮겨 타면서 박 영감이 분명한 목소리로 말했다.

"내일 내가 차 타고 꼭 어디 가야 하니 그렇게 알아서 치료해주소."

수련의는 대꾸하지 않았다.

두시간이 훨씬 지나 박 영감은 왼쪽 팔과 오른발 무릎 아래에 반 깁스를 한 것도 모자라 목에도 깁스를 두르고 침대로 돌아왔다. 인대가 늘어난 양쪽 어깨와 등골에서는 소염제 냄새가 코를 찔렀다. 내동댁을 더 놀라게 한 것은 구급차에서 이미 가벼운 쇼크 증세를 보였다는 사실이었다. 링거까지 달고 침대에 반쯤 기대 누웠으니 박 영감은 꼼짝없이 환자가 되어버렸다. 어쨌거나 정신을 차려서 저놈의 주사만 다 맞고 병원을 빠져나가리라는 다짐과는 달리 눈이 자꾸 감겨왔다. 기다려서 사진 찍고 또 기다려서 치료받는 데 지친데다 의사와 마누라의 입원 소리와 싸우다 기운을 뺐던 것이다. 거기다 불각시에 한번씩 떠오르는 거울 속의 얼굴 모습들도 신경을 쓰이게 했다.

"마음 편하게 묵읍시다. 이제 와서 지나도 한참 지난 세월한테 뭘 어찌해볼 기라고……"

내동댁이 중얼거리며 챙겨온 수건으로 영감의 이마를 가만가만히 훔쳤다. 땀도 땀이지만 박 영감의 눈이 아주 미세하게 떨리고 있었다. 긴장을 제대로 다 풀지 못한 채 그는 반수면 상태에 빠져들고 있었다.

순경 박명수는 1950년 3월에 기본교육을 마치고 경남경찰국 Y경찰서 경비계로 발령받았다. Y군은 그의 고향과 이웃한데다 처가곳이었다. 6월 초에 지서로 발령이 났는데 하필이면 처가가 있는 면이었다. 지서와 면소가 있는 소재지에서 한마장 정도 떨어진 내동 부락 처갓집 마당에서 대례를 치른 지 일년 반 만이었다. 애를 낳은 마누라가 아직 부모님 밑에 있어 잠만 자는 방을 구해 있으면서 밥은 사먹었다. 마누라를 불러와 살림을 차리느냐 마느냐 하는 중에 전쟁이 났다.

장인이 좌익 전향자 단체인 '국민보도연맹'에 이름을 올렸다는 사실은 임관 뒤에 알았다. 신원조회에서도 별말이 없었는데다 농민조합에 들었다가 그렇게 된 사람들이 많아 큰 걱정은 하지 않았는데 전쟁이 나자 상황이 180도 달라졌다. 먼저 남로당과 민애청 간부들에 대한 검거령이 내려진 데 이어 처형까지 이루어지고 있었다. 박명수의 장인처럼 을(乙)로 분류된 일반 보련원들에 대해서는 소집명령만 자주 내려왔지만 그대로 끝날지 어쩔지는 누구도 알 수 없었다.

8월 2일에도 본서에서 소집명령이 있었다. 이번에는 인원 점검만 하고 돌려보내지 않고 오는 대로 면소 옆의 농업창고에 구금을 시켰다. 박명수의 장인 이형달도 부락 사람 다섯과 같이 와서는 그대로 잡혀버렸다. 박명수는 어찌할까 궁리도 해보지 못하고 소집에 응하지 않은 보련원들에 대한 소환 체포에 나섰다. 의용경찰과 대한청년단 애들을 데리고 관할 부락들을 돌며 논에서 김을 매는 셋과 아프다고 누워 있는 하나, 대밭에 숨어 있는 한명을 붙잡아

지서로 돌아오니 저녁시간이었다. 지서에는 선임인 임 순경 혼자 책상을 지키고 있었다. 박명수는 보고서에 미검거 인원의 이름과 사유를 적고는 밥집으로 갔다. 오후 내내 땡볕 아래서 헤매고 다녀서인지 몹시 허기가 졌다. 장인어른이 생각난 건 세숟가락을 들고 난 뒤였다. 그것도 늘수레한 사내와 밥집 주인이 그의 눈치를 보면서 창고 어쩌고 하는 소리를 듣고서였다. 박명수는 밥집에서 일하는 계집아이를 창고로 보냈다. 내동마을 이형달 씨에게 집에서 밥을 보내왔는지를 알아오라고 했다. 아이는 금방 달려왔다.

"아무도 안 왔다는데예."

얼마 뒤 계집아이는 이인분 식사를 담은 쟁반을 머리에 이고 창고로 갔다. 박명수는 좋아하는 숭늉까지 다 마시고 일어나면서 주인장에게 장인어른의 내일 아침식사도 부탁했다. 지서에 가면 누구 하나를 처가로 보내 통지해야겠다고 생각하며 밖으로 나오는데 처남이 걸어오고 있었다. 하나밖에 없는 손아래 처남이었다.

"아버지 저녁 들고 오나?"

처남 손에는 대바구니 찬합이 들려 있었다.

"예. 지서에 갔더이 하늘집에 가셨다 캐서."

그가 밥을 대먹는 증산식당은 간판과 상관없이 예전에 높은 고갯마루에서 주막을 열었다 해서 '하늘집'으로 불리고 있었다.

"저녁은 보내드렸다. 내일 아침도 그럴 기다. 니는 밥 먹었나?"

"내일도 집에 못 오십니꺼?"

박명수는 중학교 다니는 처남 앞에서 당황했다. 밥 한끼 먹고 말고가 아니라 풀려나는 게 답이었다.

"이기 어디 아버지 혼자 문제가? 너무 걱정 마라. 집에 가서도 그렇게 말씀드리고."

처남은 대답 대신 고개를 숙였다. 그러고는 잠자코 오른쪽 신발코로 땅을 후벼파더니 들고 있는 찬합에서 물병을 꺼냈다.

"이거예, 아부지 잡숫는 약물입니다."

오미자 물병을 건네는 처남의 목소리에는 힘이 하나도 없었다.

"내가 전할게. 그래, 니는 길이 먼데 여기서 밥 먹고 갈래?"

"아니예. 가서 묵을랍니다."

둘은 삼거리에서 헤어졌다. 서편 하늘을 발그레 적신 노을이 스러지며 해거름이 산그늘을 타고 내렸다. 처남의 처진 어깨와 아이 같지 않은 느릿한 걸음을 바라보며 박명수는 한숨을 내쉬었다. 그는 면사무소 앞에서 보초를 서고 있는 방위대원을 불렀다. 저녁 회의시간도 다가오는데다 겨우 물병이나 들고 창고 앞까지 가는 게 불편했다.

"이거 기침약이다. 창고에 가서 내동마을 이형달 씨에게 전해라. 내가 누구라 카데?"

"이형달 씨 아입니꺼. 압니더."

"그래, 맞다."

지서에는 주임과 차석, 임 순경과 정 순경까지 모두 모여 있었다. 박명수는 주임에게 관할 보고를 했다.

"삼평리 김도재가 들어왔다는 말이 있으니 나중에 한번 가 봐."

주임이 말하는 김도재는 남로당 Y군 간부 출신으로 본서에서도 체포 일순위였다. 낮에 삼평리에 갔을 때 구장은 물론 협조자 몇사람에게서도 듣지 못한 소리였다. 나중이란 한밤중에 잠복하다 덮치라는 뜻인데 이십리 거리의 삼평리는 재를 두개나 넘어야 하는 골짜기였다.

　"오늘 당직입니다."

　박명수가 볼멘소리를 했다.

　"바꾸지 뭐."

　말해놓고 보니 괜한 짓이었다. 어차피 당직도 때우면서 업무는 업무대로 보면 될 일이었다. 구금된 보련원들에 대한 얘기는 없이 내일도 아침부터 소집 불응자들을 잡아들이라는 지시만 있었다. 모임이 끝나고 주임이 나간 뒤 박명수는 전통철부터 찾았다. 긴급을 요하는 본서 지시는 전화 통지로 오는데 그걸 기록해두는 일지가 전통철이었다. 박명수는 전통철을 뒤질 때마다 눈치가 보였다. 지금도 차석이 그를 물끄러미 바라보다 눈길이 부딪치는 걸 피해 몸을 돌렸다. 주임부터 정 순경까지 모두들 자신의 장인이 보련원이라는 걸 알면서도 입을 뗀 적은 없었다. 박명수 스스로 무엇을 부탁하거나 의논해보지도 않았다. 본서로 발령을 받고부터 혼자 고민만 하고 있었다. 보련원들에 대한 업무는 본서 사찰계에서 보았는데 신임인데다 주변머리도 없어 시간만 보내다 지서로 내려와버렸다. 문제는 여기와서도 주임에게 입을 열지 못하다 이렇게 구금까지 가버렸다는 것이었다.

그런 기억에 매달리자 갑자기 피로가 밀려오면서 머리가 무거워졌다. 박명수는 하품을 몇번이나 해대다 자리에서 일어났다.

다음 날 아침 일곱시가 되기 전에 박명수는 바짓가랑이가 이슬에 젖은 채 지서 마당에 들어섰다. 꼭두새벽에 의용경찰 하나를 데리고 삼평리 김도재 집을 덮쳤다가 허탕을 치고 돌아오는 길이었다. 안개를 헤치며 떠오르는 해가 따가웠고 밤새 식지 못한 복사열이 몸을 지치게 했다. 허방에 빠진 마음이 면 소재지 동네가 가까워질수록 장인 문제로 채워져갔다. 구금을 지켜보는 것도 불편하지만 이대로 끝날 일이 아니라는 초조감이 그의 신경을 긁었다.

당직을 섰던 정 순경이 부스스한 얼굴로 숙직실에서 나왔다. 박명수의 기색을 금방 읽고는 "헛공사 지었네"라고 말을 붙였다.

"그랬네예."

"하나 더 잡아넣어도 소용없겠제?"

"가족하고는 선이 잘렸다고 봐야겠지예."

김도재가 도망친 뒤 그의 형님을 대신 잡아두었지만 본인 귀에 들어가지 않았는지 별 효과가 없었다.

"집에 들어갈 기가?"

"이대로 출근이지예, 뭐."

"그래라. 유치장은 어제 그대로 아홉인데 점호부터 해봐라."

정 순경이 모자도 쓰지 않은 채 밖으로 나갔다. 박명수는 땀을 훔칠 생각도 잊은 채 책상 위의 미검거 명부 표지를 한참 바라보았다. 그리고 벽시계를 쳐다보고는 사무실 뒤에 붙은 유치장으로 갔다. 보초를 서고 있던 의용경찰이 경례를 붙였다. 그는 유치인 명부를 챙겨 안으로 들어갔다.

"김필용!"

"네."

머리가 헝클어지고 무명 저고리에 피가 묻은 사내가 일어나면서 손까지 들었다. 박명수는 이름을 다 부르고도 잠시 창살 앞에 서 있었다. 이 사람들 중에 몇은 창고로 옮겨갈 것이었다. 밖으로 나오니 매미가 울기 시작했다. 매앰, 매앰. 그의 귀에 장인어른의 기침 소리가 들려왔다.

사무실로 돌아온 그는 정문 입구에서 보초를 서고 있는 의용경찰에게 다가가 마른침을 삼키며 말했다.

"창고 가서 이형달 씨 불러온나. 내동마을 이형달 씨다."

의용경찰이 잠시 주춤거리는 눈치를 보이다 "예" 하고 걸음을 뗐다. 박명수는 그 자리에서 서성거렸다. 신작로는 인적 없이 조용했다. 야트막한 앞산 위에 버티고 앉은 해가 뜨겁게 달구어진다 싶은 것은 자신의 심사 때문인지도 몰랐다. 빈 사무실에서 전화가 울렸다. 몸을 돌려 두어걸음 걷는데 발이 잘 움직여지지 않았다. 안으로 들어섰을 때 전화는 잠잠해져버렸다. 회선이 좋지 않아 한번씩 그럴 때가 있다는 걸 알면서도 박명수의 마음은 편치 않았다. 다시 입구로 나왔을 때 의용경찰과 방위대원들이 지서 쪽으로 걸어오고 있었다. 가슴이 뛰었지만 생각해보면 아침 교대시간이었다. 면사무소 방향에서 오는 흰옷 입은 남자와 의용경찰이 눈에 들어온 것도 그때였다. 잠시 뒤 들에 나갔던 사내 몇이 지게를 지고 국민학교 담을 따라 신작로로 나왔다. 박명수는 열발짝쯤 앞에서 장인어른의 얼굴을 확인하며 마음이 다시 급해졌다. 사무실 안에서 따로 얘기를 해야 할지 이대로 입구에서 집으로 보내야 할지에 대한 판단 때문이었다. 그때 사무실에서 차석의 목소리가 들렸다. "정 순경 이 친구는 마누라 얼굴 보러 벌써 나갔나!" 차석이 후문으로 들어온 것이다. 박명수의 마음이 얼어붙었다. 심부름 갔던 의용경찰이 "모시고 왔심더"라는 말을 하고는 교대 나온 제 동료들에게 걸어갔다. 하지만 서로 인사말도 나누지 않고 흘끔거리며 그를 훔쳐보고 있었다. "불렀던가?" 장인이 말했다. 물것들에게 뜯기며 잠을 자지 못한 몰골이 말이 아니었지만 그래도 사위 앞에서 편안하게 보이려는 기색이 역력했다. 손에는 어제 건네받은 물병이 들려 있었다. "예. 약물을 집에 가서 자시고 오이소. 밥도 자시고." 눈을 껌벅거려 말뜻을 눈치채게 할 작정이었지만 긴장 때문에 목소리만 딱딱해졌다. "응, 집에?" 말끝에 터져나온 장인의 밭은기침과 그의 말이 섞였다. "예, 지금 바로 가이소." 장인에게 한마디 속삭이려면 자리를 옮겨야 했다. 장인을 이끌 듯 신작로 쪽으로 한걸음 뗐을 때였다. "박 순경님, 차석님이 안에서 부르십니다." 조금 전까지 유치장 보초를 섰던 의용경찰이 옆에 다가와 있었다. "그래?" 박명수는 아찔했다. 차석이 안에서 내다보고 있는 모양이었다. 지금은 어쨌든 장인을 떼내야 했다. 자신이 돌아서면 장인은 집으로 갈 것이었다. 몸을 돌리면서도 그는 "어서 가이소"라고 한마디 보탰다.

그로부터 몇시간 뒤 박명수와 장인 이형달은 같은 트럭에 탔다. 순경 박명수는 카빈총 멜빵을 단단히 조여맨 채 운전사 쪽 발판에 매달리고, 보련원 이형달은 다른 보련원들과 적재함에 쭈그리고 앉아 고개를 깊이 처박은 채였다. 운전석 옆자리에는 주임이 타고, 적재함에는 정 순경과 임 순경이 타고서 본서로 가고 있었다. 보닛에서 반사되는 햇빛이 눈을 찌르고 엔진 열기와 마른 먼지를 머금은 뜨거운 바람이 그의 얼굴과 몸을 할퀴었다. 속은 흔들리는 트럭처럼 요동치고, 가슴은 새카맣게 타들어갔다. 생각하면 기가 찰 노릇이었다.

장인을 돌려세우고 그는 지서 안에서 차석을 만났었다. 차석은 삼평리 김도재에 대해서만 물었을 뿐 다른 말은 없었다. 장인 일을 모르고 있는 건지 밖을 내다보아놓고도 입을 다물고 있는 것인지는 알 수 없었지만 박명수는 아침을 먹고 오겠다며 서둘러 밖으로 나왔다. 문을 연 하늘집에서 밥을 먹으면서 그는 어제 부탁한 배달을 취소했고, 하숙집에 와서는 우물물을 덮어쓰면서 땀과 긴장을 씻었다.

그가 다시 출근했을 때 지서는 부산스러우면서도 긴장된 공기가 팽배했다. 금일 내로 구금 중인 보련원 전원을 본서로 이송하라는 전통이 내려와 있었던 것이다. 본서에서 트럭이 벌써 출발했다는 소리까지 듣자 박명수는 안도감과 조바심에 휩싸였다. 장인을 창고에서 빼낸 것은 잘한 일이지만 다시 돌아올 수도 있었다. 장인이 돌아오지 않아서 자기가 당할 어려움은 지금 당장 돌아와 자기 손으로 트럭에 태우는 것보다는 뒤의 일이었다. 총기함에서 총과 탄창을 챙기는데 보초를 서고 있던 의용경찰이 들어와 그에게 다가왔다.

"박 순경님, 저……" 의용경찰은 말끝을 흐리며 되돌아섰다. 총을 든 채 박명수가 그를 따라 문밖으로 나가자 지서 마당 입구에 장인어른이 서 있었다. 박명수는 눈앞이 캄캄했다. 해를 등에 지고 서 있는 사람은 장인이 틀림없었다. 눈이 마주치자 장인이 말했다. "나, 왔네." 뭔가 딱딱한 공기를 느꼈는지 장인이 긴장되고 당황스런 표정으로 그를 바라보았다. 박명수는 장인이 쥔 물병만 바라보며 제자리에 선 채 아무 말도 못하고 고개만 끄덕였다. "갑시더." 의용경찰은 그게 신호인 줄 알았는지 이형달의 팔을 붙잡고 지서 앞을 떠났다. 아주 짧은 시간이었겠지만, 박명수는 그대로 서서 해가 너무 밝아 하얗게 탈색된 신작로를 걸어가는 두사람을 멍하니 바라보았다.

박명수로서는 그동안 장인 집에서 무슨 일이 일어났는지 알 수 없었다.

이형달이 집에 들어서자 마누라가 반색을 하면서 말했었다.

"머한다꼬 바쁜 철에 사람들 붙잡아 하루 재웠는고요?"

"그기 아이고 내만 잠시 나왔다. 오미자 물 좀 병에 담고 밥 채리라."

이형달은 한꺼번에 여러 말을 했다. 듣고 있던 딸 둘이 귀를 세우면서 부엌 앞에 서 있기만 하자 그가 덧붙였다.

"가봐야 한다. 박 서방이 내만 보내줬다."

"그기 무신 소리요? 부락 사람들이랑 같이 나온 기 아이요?"

"무신 소리라이. 말 그대로지."

이형달은 우물에서 몸을 씻고 식사를 했다. 오미자 우린 물을 병에 담으면서 마누라가 말했다.

"우린 논에 나갈 긴데, 가더라도 한숨 자고 가소. 제대로 자지도 못했을 긴데."

그때 아들이 나섰다.

"아부지, 가지 마이소."

"무신 소리고? 니 자형 입장을 생각해야지."

"자형은 자형 입장만 생각하지예."

"야가, 못하는 소리가 없노!"

이형달로서는 성마른 아들이 새삼 걱정스러울 뿐, 하늘집 앞에서 땅을 후비며 제 매형에게 크게 서운했던 사실을 알 리 없었다. 거기다 그는 창고에서 나올 때 의용경찰 대장으로부터 "주임 허락도 없이 이라다가 나중에 탈 생기몬 박 순경이 크게 당할 긴데"라는 말을 들었었다.

상을 치우던 딸 둘은 눈치만 보고 있고, 마누라가 남편과 아들을 번갈아 보며 말했다.

"당신 고생하는 기 언짢아서 하는 소린데 아한테 와 꽘을 지르요.

니도 자형한테 섭섭한 마음 묵으몬 안된다. 자형 입장도 생각하고 또 믿어야지. 다 내보내줄 때 나와야 니거 아부지 마음도 편코."

이형달은 툇마루에서 일어났다. 누웠다가는 반나절이 금방일 것 같았다. 그늘에서 볕으로 나오자 마른 열기가 끼치면서 잘 참아주었던 기침이 터져나왔다. 해방 이듬해 겨울에 대수롭지 않게 시작된 기침이 고질병이 되어 있었다. 효험은 보지 못했지만 부산에서 경찰교육을 받으면서 사위가 사 보냈던 신약 이름을 기억해보았다. 이형달은 예사로운 마음으로 땡볕 길을 나섰다.

장인이 그렇게 창고에 다시 갇힌 지 얼마 있지 않아 트럭이 오고, 일은 일사천리로 진행되었다. 두사람이 같은 차를 타고 본서 뒷마당까지 갔지만, 박명수는 두번 다시 장인을 보지 못했다. 한시간을 달려 차가 멈추자마자 주임이 박명수에게 지시했다.

"박 순경 니는 이 차 타고 바로 가서 한번 더 실어온나."

그는 주임이 앉았던 앞자리에 앉아 지서로 돌아왔다. 바람과 먼지를 바로 덮어쓰지는 않았지만 머리는 부글부글 끓어올랐다. 경무계 소속인 운전사가 며칠간 본서에서 일어난 일을 말하지 않더라도 장인어른을 풀어내기가 불가능하다는 걸 그는 알고 있었다. 어제 밤늦게 본서 뒷마당의 무덕관 건물이 깨끗이 비워졌으며 오늘 데려오는 증산면을 비롯한 2개 면 보련원들을 거기에 둘 것이라는 운전사의 말은 처형 시간만 문제라는 소리였다. 박명수는 흔들리는 차에 몸과 정신을 다 풀어놓은 듯 멍한 상태로 지서로 돌아와 차석과 같이 남은 보련원들을 실었다. 왕복 두시간이 더 걸려

26

본서에 도착했을 때 먼저 호송되었던 증산면 보련원들은 보이지 않았다. 잠시 뒤 주임을 비롯한 지서 동료들이 눈에 핏발을 세운 채 돌아왔다. 그리고 얼마 지나지 않아 박명수도 그들과 같이 두번째 호송해온 사람들에게 총을 쏘았다.

다음 날 새벽 일찍, 당직을 서며 밤새 머리를 싸매고 고민하던 박명수는 결국 자신이 나서지 못하고 방위대원 하나를 처갓집으로 보냈다. 음력 6월 염천에 하루가 급한 게 시신 수습인데다, 그가 할 수 있는 일도 그것뿐이었다.

산에서 사람들이 내려오고 있었다. 박 영감은 자신이 제때 차에서 나왔다는 생각과 지난 세월에 대한 감회로 가슴이 벅찼다. 그동안 그는 산소까지 올라가지 못하고 승용차 안에 갇혀 있는 게 불편해서 몇번이나 들락거렸다. 밖으로 나와서는 찬바람 때문에 금방 짓물러진 눈으로 앞을 제대로 보지도 못하면서도 산역이 이루어지고 있는 산등성에서 시선을 떼지 않았다. 장모가 계시는 공원묘지로 모시는 일이기에 사실상의 파묘였다.

박 영감은 한걸음 옮겨 성한 손으로 차창을 톡톡 두드렸다.

"나온나. 내려온다."

내동댁은 골바람이 무서워 내처 히터가 켜진 차 안에 앉아 있었다.

"제일 앞에 선 기 큰조카요?"

유골함을 둘러싼 광목 양 끝을 줄로 늘어뜨려 열십자로 목에 건 젊음이가 앞장서서 내려왔다.

"그런가베."

지팡이를 잡은 처남은 유골함을 안은 제 아들 뒤에서 누군가의 부축을 받으며 조심스레 걸음을 떼고 있었다.

"병 얻은 거는 안됐지만 그래도 약이 됐으이 다행이다."

내동댁의 목소리가 바람에 흩어졌다. 박 영감은 입을 다물고 산에서 눈을 떼지 않았다. 장인이 총 맞고 죽은 장소를 방위대원으로부터 기별받고 까무러친 사람은 장모가 아니라 처남이었다. 그날이후 제 매형을 피한 지 몇십년이 되어버렸다. 내동댁의 말은 그렇게 틀어진 동생이 간암 판정을 받고서야 이렇게 기별을 해왔다는 것이었다.

일행이 산 밑에서 길로 내려섰다. 박 영감은 절뚝이며 처조카가 모시고 있는 유골함으로 다가갔다. 그는 한지로 둘러싸인 유골함을 깁스를 하지 않은 오른손으로 가만히 붙잡았다. 박 영감은 최대한 고개를 숙여 장인어른을 뵙고 싶었지만 목을 두른 깁스 때문에 마음대로 되지 않았다. 신음소리를 속으로 삼키며 아무리 고개를 숙여도 뻣뻣하게 굳은 목은 그대로여서 눈 바로 아래에 있는 유골함이 보이지가 않았다. 뜨거운 눈물이 유골상자 위의 그의 손등을 적셨다. 처남이 다가와 그 손을 잡았다. 말없이 손만 한참 잡고 있다가 처남이 몸을 돌려 일행을 찾았다.

"찬두 형님, 이리 오이소."

감색 중절모를 쓴 키 큰 사내가 두사람 쪽으로 천천히 걸어왔다.

"여기는 고향의 같은 동리 형님인데 그때 저하고 똑같이 부친을 잃었습니다.”

상대는 어정쩡한 자세로 멈춰 서서 박 영감을 가만히 바라보았다. 박 영감에 대해서 잘 알고 있다는 표정에다 막상 만나기는 했지만 여전히 뭔가 껄끄럽다는 몸짓이었다. 손을 먼저 내민 쪽은 박 영감이었다. 악수를 하면서도 두사람이 할 말을 찾지 못하고 있을 때 처남이 자기 손을 얹으며 말했다.

“날씨도 찬데 와주셔서 정말 고맙습니다. 서로 이렇게 보니 안 좋습니까. 저부터도 그렇고 마음이 좀 편습니다. 우리가 언제 보겠습니까.”

상대가 고개를 끄덕이고 박 영감은 숙여지지 않는 목 대신 잡은 손에 힘을 좀더 주었다. 어제 아침에 만났던 거울 속의 얼굴이 하나가 아닌 여럿이었음을 박 영감은 인정해야 했다. 차에 오르기 전에 박 영감은 눈으로 다른 산등성이들을 찾았다. 증산이 장인만이 묻힌 땅은 아니었다. 산소조차 쓰지 못한 죽음들도 새겨야 했다.

물구나무서는 아이

한 사람의 삶은 죽음으로 끝나고 죽음 뒤에는 조문과 매장이라는 장례절차가 따른다. 그런 가운데 문상객들은 고인에 대한 애도와 감회를 토로하는데 이때 오가는 말 속에 고인의 삶이 축약되어 있기도 하다. 예를 들어, 자식은 물론 간병인도 모르게 허름한 요양병원에서 죽었다면 살아온 대로 갈 때도 그렇게 쓸쓸하게 갔다할 것이고, 여든 나이에 입원한 지 이틀 만에 패혈증으로 숨을 거두었다면 수월케 살더니 갈 때도 그렇게 갔다고 말할 것이다. 하지만 한 사람의 삶이 결코 단순하지 않듯 한마디 말 뒤에는 몇마디가 따라붙게 되어 있다. 쓸쓸하게 갔다는 말 뒤에는 이렇게 빈 손으로 갈 거 돈이 뭐라고 형제도 돌아서게 했을까라는 말이 덧붙여질 수 있을 테고, 수월하게 갔다는 이에게는 마누라 잘 만난 건 좋았지만 엄처시하에 어디 자기 주장 한번이라도 해봤냐는 식이다.

　근래에 황건수 씨가 겪은 일이 지금까지 한 이야기 속에 다 들어 있다. 문상을 갔고 그 자리에서 고인에 대한 얘기를 나누며 그 생애를 요약해보기까지 했으니 말이다. 다만 조문을 가게 된 경위에 유별난 면이 있는데다, "빨갱이 하면 치를 떨더니 결국 그거 시비하다 갔네"라고 정리될 수 있는 고인의 죽음이기에 마음이 무겁기도 했다. 그가 조문을 가게 된 황당하다면 황당한 일은 귀퉁이기는 하지만 신문에도 났었다.

　지난 13일 오후 7시경 ○○구 ○○공원에서 김영호 씨(71세)가 지인과 말다툼을 벌이다 갑자기 쓰러져 병원으로 옮겨진 직후 사망했다. 목격자에 따르면 김씨는 정치 문제로 황모씨와 언쟁을 벌이다 갑자기 심장마비를 일으켰다고 한다.

　신문에서 말한 정치적 견해 차는 완곡하거나 포괄적인 표현이었고 조금 더 정확하게 쓴다면 공산주의나 종북 문제 정도 되었다.

　사고가 일어난 자리에는 김씨와 황씨는 물론 연배가 비슷한 다른 사람들도 있었다. 당연히 신고도 그들에 의해 이루어졌는데 119 구급차에 실려갈 때 구급대원과 목격자들 사이에 이런 말들이 오갔다.

　"왜 쓰러졌습니까?"

　"말다툼하다 갑자기 쓰러졌어."

"심장마비지, 심장마비."

"혈압이 터진 거지."

"혈압이 어찌 터져? 뇌혈관이 터졌다 하면 몰라도."

"밀치거나 주먹이 오간 건 아니구요?"

구급대원이 핵심을 잡았다. 그동안 입을 다물고 추이를 살피던 황씨가 나서지 않을 수가 없었다.

"무슨 소리야. 그런 일 절대 없었어! 그렇지요?"

"그렇지, 그래."

"앉은 채로 그냥 슬그머니 쓰러졌지."

"섰다가 앉으면서 그랬지."

응급처치를 위한 질문인 줄 알면서도 사람들은 목소리를 높이면서 예민하게 반응했다. 119 구급대원들이 바쁘게 움직일 적에 든 생각은 아니지만 어쩌면 소방대원이 현장에서 최초로 듣는 소리가 경찰에 전해진다는 사실을 알고 있었는지도 몰랐다.

과연 다음 날 경찰이 현장에 나왔다. 김씨가 병원에 도착한 지 한시간도 안돼서 사망했다는 소리도 경찰을 통해 들었다. 사고가 난 현장은 아파트 단지들이 둘러싼 산자락의 소공원 중 하나였다. 김영호 씨와 말다툼을 벌였던 황씨가 얼굴이 하얗게 변하면서 고개를 숙였고, 다른 사람들은 혀를 차면서 아이구 허무하네, 컨디션이 며칠 안 좋다 하더니 쇼크가 온 거군, 등의 말을 던졌다. 아무도 구급차를 타고 따라가지 않은 거야 경황이 없었는데다 지나간 일이라 쳐도, 막상 죽었다는 말을 이렇게 앉아서 듣게 되자 불편했다.

하지만 실상은 그럴 만한 사이였다. 산 아래 폐쇄된 약수터 자리에 소공원이 마련되면서 여러 무리들이 모였고, 황씨 등 십여명은 점심시간 뒤에 모여서 운동을 하거나 각자 형편대로 담소를 나누다 헤어지곤 했다.

물론 친한 사람들도 몇 있었다. 같은 아파트에 살거나 복지관에서 만나거나 오래전부터 면을 익힌 이들이었다. 그에 비해 김영호 씨는 그 집단에서 비교적 늦게 얼굴을 보인데다 특별히 만만하게 지내는 사람이 없었다. 사실 그런 관계도 일이 일어났으니 따져본 거지 무심하게 만나는 그런 사이고 자리일 뿐이었다.

어쨌거나 사람이 죽었기 때문에 사건이 된 것이다. 경찰은 말다툼을 벌인 황씨의 인적 사항을 파악한 다음 곧바로 질문에 들어 갔다.

"밀거나 주먹을 날렸습니까?"

"아니요. 큰일 날 소리! 그냥 말로 했소."

그러면서 그는 주위 사람들에게 시선을 골고루 돌렸다.

"어허, 주먹을 날리다니? 사람을 어찌 보고 그런 소릴."

"경찰 양반, 말하는 거 보니 학교 다닐 때 복싱 배웠구먼, 그렇지?"

성급한 질문이 자리를 달구었다. 하지만 다소 젊어 보이는 경찰은 아버지뻘 정도 되는 노인들의 위세에 눌리지 않겠다는 듯이 표정을 더욱 딱딱하게 하며 황씨에게만 눈길을 모았다.

"김영호 씨와 다툰 게 처음입니까?"

그 질문에 당사자가 잠시 우물거릴 때 그동안 지켜보기만 하던 경찰이 나섰다. 나이도 많고 계급도 높았다.

"그러니까 산책하거나 운동 좀 하시고 이런저런 세상 이야기 나누다 집에들 가시겠군요. 무슨 이야길 주로 하세요. 건강 이야기가 첫째일 테고."

한동안 체육시설 등 주위를 살펴보고 편하게 하는 말이 젊은이와 달리 성동격서 작전이었다.

"뭐, 건강 이야기가 주고, 말 그대로 세상 이야기지 뭐."

"그렇지. 결국 건강 얘기가 거의 다고 다음엔 뭐 신문이나 텔레비전 본 이야기, 세상 돌아가는 이야기지."

"이번 일도 그래서 일어난 거고."

경찰이 나섰다.

"세상 돌아가는 이야기도 여러가질 텐데 뭘 말하십니까?"

잠시 침묵이 돌다 한사람이 목소리를 깔며 말했다.

"정치 이야기지 뭐. 별거 있나."

"선거철도 아니고 요즘같이 조용한 시절에 무얼 갖고 다투었기에 사람이 상하고 그랬나요?"

그동안 한마디씩 거들며 나섰던 이들은 입을 다물고, 모두들 이쯤에서 나설 사람이 나서야지 하는 눈치를 황씨에게 보냈다.

"그게 말이요."

마침내 당사자가 나섰다.

"바로 말하지 뭐. 그게 검사 출신 방송국……"

마음같이 말이 순서대로 나오지 않는지 황씨는 말을 다시 시작했다.

"왜, 요새 국정감사 하잖아요. 거기서 무슨 방송재단 이사장인가 하는 사람이 누구누구가 친북 공산주의자라 주장해서 시끄러웠잖아요. 내가 그 사람 말이 좀 심했다, 그래도 대선 후보였던 사람을 그렇게 말하면 되나, 그리고 언론을 움직이는 재단의 이사장이라는 사람이 언론 중립 문제도 있는데 심했다, 그런 소리를 하니까 김씨가 막 열을 냈어요."

황씨가 말을 잠시 멈추었다. 주위를 보고 자기 말이 맞지요? 하는 그런 표정에다 다음에 할 말을 미리 생각하는 눈치였다. 아무도 입을 열지 않았고 고개를 끄덕이는 사람도 없었다. 눈길을 부닥치지 않으려고 다른 데로 시선을 돌리는 사람도 있었다. 황씨는 결국 혼자라는 생각이 들었는지 목소리가 조금 낮아졌다.

"뭐라더라…… 종북 문제에 언론 중립이 무슨 소리냐, 그렇게 소리를 높였지."

황씨의 말이 또 끊겼다. 어제 자리에서는 예사롭게 했던 말들이 오늘은 뭔가 부담스러운 듯했다. 본인이 느끼는 그런 분위기가 옆 사람들에게 전해지기라도 했는지 아무도 거들고 나서지 않았다.

"그리고, 그런 문제는 공안검사가 전문가니까 그 출신들 말 믿어야 한다, 그들이 알고 있는 것하고 우리 같은 일반 국민들이 알고 있는 것하고는 많이 다르다, 그런 말을 한 것 같네."

황씨의 말은 거기서 끊겼다. 자기가 할 말은 다 했다는 단호한 표정이었지만 기억에 자신이 없는 건지, 경찰이 또 뭐라고 물어올지 몰라 조금 움츠러든 기색을 살짝 보이기도 했다.

"그래 보통 때도 정치나 시국 이야기 하면서 말다툼까지 자주 갔군요. 참, 그런 이야기가 오갈 때 두분 다 일어나 있었습니까?"

경찰은 조사를 나왔을 때부터 서 있는 상태였고 질문을 받는 이들은 모두 앉아 있었다. 이곳 소공원은 의자가 달린 식탁과 벤치들이 많이 놓여 있는데다 여름에는 상시로 그늘이 들고 겨울에는 볕이 잘 들어 노인들에게 인기였다.

현장검증이 바로 이루어졌다. 몇사람이 엉덩이를 들고 일어나면서 황씨가 어제 그 자리를 찾아 앉고 젊은 경찰이 고인이 되어버린 김씨 역할을 했다.

현장검증은 더듬거리는 젊은 경찰을 보다 못한 다른 영감 하나가 김씨 역을 맡으면서 곧 끝났다. 김씨는 흥분한 상태에서 자리에서 일어나다가 곧바로 주저앉으면서 탁자로 상체를 숙였으며, 황씨는 줄곧 앉아 있었는데다 김씨와 마주 보지 않고 대각선으로 떨어져 앉아 있었다. 오고 간 대화는 몇마디 보충되었지만 지방색이니 특정 정당은 거론되지 않은 것으로 정리되었다. 두사람의 자리위치가 파악된 뒤부터 젊은 쪽이나 나이 든 쪽이나 경찰은 무슨 말이 오갔는지에 대해서 별로 관심을 보이지 않았다. 하지만 보고서에 "목격자에 따르면 정치 문제로 언쟁을 벌이다"라는 구절이 들어가는 바람에 기자 눈에 띄기는 했다. 경찰이나 기자 모두 아쉬운 면도 있었다. 만일 밀치거나 주먹이 오갔거나 커터 칼이라도 등장했다면 제대로 사건이 되었을 것이기 때문이었다.

비교적 쉬 끝났다고 볼 수 있는 경찰 조사는 조문을 가는 계기가 되었다. 그것도 유족 측에서 경찰에 조사를 의뢰했느냐는 질문을 하고 나서 결정되었다. 젊은 경찰이 퉁명스레 "사람이 죽었는데 조사를 안해요!"라는 말을 던지고 떠난 뒤, 저 친구 저런 소갈머리로 앞으로 승진하기 어렵겠네, 권투 때문에 신경질이지,라고 하며 모두들 웃은 뒤 조문을 가도 유족에게 욕을 듣지는 않겠다는 결론을 내렸다. 옷깃만 스쳐도 인연인데 몇년을 말 나누고 가끔 막걸리도 한잔씩 나눈 사이 아니냐, 문상을 자주 가야 우리도 가는 길이 수월할 거다,라는 말들이 오갔다.

　황씨가 가는 것은 당연하고 장례식장이 마련된 병원이 가까워서인지 세사람이 더 붙었다.

　걱정과는 달리 상주에게 뒷산 공원에서 자주 만나는 친구들이라고 밝히자 그저 고맙다는 인사뿐이었다. 고인이 평소 심장이 좋지 않았다는 얘기도 들었기에 황씨는 물론 모두들 마음이 편했다. 고인이 기독교 신자라는 것을 처음 알았지만 식장이 딱딱하지는 않았다. 밥만 먹고 얼른 일어서자고 미리 말을 맞추었지만 술이 몇순배 돌다보니 자리가 길어졌다. 어차피 집에 일찍 들어가도 텔레비전 앞에 붙어 있을 형편들이었다. 고인의 친척이나 지인들과 합석이 이루어지고 나이가 든 사람들이라 말도 쉬 섞였다. 고인에 대한 약전이라고 해도 무방할 정도로 이야기가 꿰맞추어진 것은 뒤늦게 문상을 온 친척 한사람이 황씨의 옛 직장 동료였기 때문이었다.

김영호 씨는 6·25 때 부친을 잃었다. 1945년 해방둥이라 우리 나이로 여섯살 때였다. 어린 나이에 아버지를 잃은 것도 애달픈데 기구하게 그 죽음에 관여까지 하게 되었으니 부친은 김영호 씨에게 평생의 무거운 짐이 되었다.

　　1950년 8월 중순 무렵, 김영호 씨의 부친은 보련원들 소집 소식을 듣고 경찰 출장소로 갔다. 그가 사는 동리는 면사무소와 지서가 있는 소재지 마을에서 뚝 떨어진 산골이긴 해도 일제 때부터 경찰 출장소가 설치되어 있었다. 마을도 마을이지만 탄광과 산판이 있어 유동인구가 많았다. 보통 때는 순경 한명이 의용경찰 둘을 데리고 있었는데 전쟁이 나고 며칠 지나 고참 순경 하나가 소장으로 부임해 왔다. 어쩌면 그 사람이 어린 김영호의 운명을 바꾸었다고도 할 수 있었는데 그런 걸 제대로 설명하자면 '국민보도연맹'이란 것부터 알아야 한다. 김영호의 부친이 그 단체의 연맹원으로 구금되어 있었기 때문이다. 흔히 줄여서 보련이라 부르는 이 단체는 이승만 정부가 수립된 일년 뒤인 1949년 하반기에 이른바 좌익사범들을 전향시키기 위한 조직으로 만들어졌다. 한때 잘못된 생각과 판단으로 좌익활동을 했지만 지난 잘못을 반성한다면 대한민국 국민으로 받아준다는, 단체 이름 그대로 이들을 정부가 보호하고 제대로 된 국민으로 이끈다는 목적으로 만들어졌다. 김영호의 부친은 무지렁이 소작농이었다. 그런 그가 해방 직후 만들어진 농민조합에 이름을 얹은 것은 자연스런 일이었다. 일본인들 소유의 엄청난 토지는 물론 친일 악덕 부재지주들의 농지를 일정 부분 환수해 나누어준다는 소리를 들었기 때문이었다. 그가 든 단체는 얼마 지나지 않아 좌익 불법단체가 되었다. 그리고 보련이 조직되면서 무조건 거기에 가입해야 하는 처지가 되어버렸다. 처음 두어달은 교육이라 해서 군청과 경찰서가 있는 읍에 모였지만 봄부터는 지서에 가서 출석만 확인했다. 그러다 전쟁이 나고서는 일주일에 한번꼴로 부르다 8월 어느날은 통지를 하는 반장이 출장소로 가라고 했다. 보련 사람들은 도착 순서대로 차례차례 구금되었다.

뒤에 알았지만 지서가 아닌 출장소로 불러 구금을 시킨 것은 창고 사정 때문이었다.

출장소 뒤편에 창고가 하나 있었는데 탄광에서 쓰는 폐기자재들을 모아두는 곳이었다. 지서로 소집을 하지 않은 것은 구금시킬 면소재지의 농업창고가 좁은데다 출장소 관할 보련원 숫자가 면 전체 인원의 3분의 1 이상이었기 때문이었다. 탄광과 산판의 노동자들 상당수가 타지 출신의 뜨내기들인데다 노동현장에 좌익 골수분자가 몇 있었던 까닭이다. 물론 해방 뒤 탄광은 폐광이 되고 산판 일도 줄었지만 이곳에 주저앉은 사람들이 많았다.

사흘 동안 제 발로 걸어오거나 잡아온 이들까지 창고에는 서른명이 넘게 갇혔다. 화전을 일구면서 생겨난 자연부락과 독립가옥이 많아 미검거자들을 검거하는 일에는 시간과 발품이 많이 들었다. 8월 땡볕에 산자락 길을 헤매며 나뭇가지와 풀에 스친 팔다리는 흘러내리는 땀으로 더욱 따가웠다. 출장소장에게는 골치 아픈 일이 하나 더 있었다. 둘째 날부터 출장소 부근에서 꼬마 하나가 울어젖히는 것이었다. 보초를 서는 방위대원이 애가 가까이 오지 못하게 고함도 지르고, 달랑 들어다 한참 떨어진 길로 쫓아내었지만, 사내아이는 또 어느새 다가와 "아부지, 아부지" 하면서 울어댔다. 먼저 지어진 창고가 산자락에 붙어 있고 그 코밑에 출장소가 있었기에 아이는 제 아버지를 경찰 앞에서 부를 수밖에 없었다. 창고를 지키기 위해 출장소가 있는 듯한 모양새가 된 것은 그 땅을 광산 측에서 내어놓았기 때문이었다. 다음 날에도 마찬가지였다. 시간도 앞당겨져 아침 숟가락 놓을 만할 때 와서는 제 아버지를 찾았다.

밥을 대먹는 집에서 나와 사무실 앞에 다다른 소장은 아이에게 말을 붙여보기로 했다.

"이리 와봐라. 이름이 뭐고?"

베잠방이를 입은 아이는 여위고 작았다. 눈물 고인 까만 눈이 소장을 올려다보았다. 두어걸음 떨어진 거리였는데 소장의 경찰복이 낯설었는지 아이는 슬금슬금 뒷걸음질을 놓았다. 소장은 아이 쪽으로 걸음을 옮기다 멈추었다. 걸음을 빨리해서 아이가 도망치는 모습이 얼른 떠올랐던 것이다. 아이가 소장을 보더니 무서워서 달아났다는 말도 귀에 들리는 듯했다. 얼마 뒤 소장은 사무실 의자에 앉아 부채질을 하면서 아이의 소리를 들었다. "아부지, 아부지!" 그때 매미가 같이 울어댔다. 맴맴 매앰, 아부지, 맴맴 매앰, 아부지. 매미 소리와 아이의 제 아부지 부르는 소리는 그렇게 들으려고 하는 사람에게만 박자가 맞게 들리는 것인지도 몰랐다. "아 저 애새끼,

매미 소리도 시끄러운데!" 문으로 들어서는 부하 순경이 말했다. 첫날에는 "효자 났네, 꼬마 효자 났네"라고 넘기더니 이래저래 짜증이 난 것이다. 소장은 말없이 볕이 끓어오르는 밖으로 귀를 다시 모았다. 맴맴맴, 매미가 울었다. 잠시 매미가 쉬는 틈에 아부지, 아부지 소리가 매미 소리보다 조금 작게 들리고 다시 맴맴 매암, 매미가 울었다. 아이가 매미처럼 계속 울면서 제 아버지를 부를 수는 없을 것이었다. 그래서 그는 부하 직원의 짜증에 "제풀에 지치겠지"라고 말했다.

하지만 아이는 지치지 않고 계속 찾아와서는 한나절 동안 제 애비를 부르다 돌아갔다. 지서나 본서에서 어떤 명령도 없었다. 닷새째 되는 날에는 체포해온 자들이 늘어 창고가 꽉 찼다. 그날 아이는 오후에 왔다. 지난밤에 술을 제법 마신 소장은 느지막이 사무실로 나왔다. 숙소에서 오는 길에 그는 아이를 보았다. 아이는 사무실 맞은편 땡볕에 서서 제 아버지를 부르고 있었다. 소리는 작았지만 분명 아부지, 아부지 하는 울음 섞인 외침이었다. 모두 외근을 나가고 사무실에는 그와 방위대원뿐이었다. 매미 울음과 아이 소리가 들렸다. 맴맴맴, 아부지. 소장이 방위대원에게 말했다.

"밖에 애한테 가서 제 아버지 이름 알아온나. 마을 이름하고 정확하게 듣고 와."

김태범, 지곡마을. 지곡마을 김태범. 소장은 방위병을 데리고 창고로 갔다. 보초가 문을 열자 고약한 냄새가 후끈 건너왔다. 바깥이 너무 밝아서인지 창고 안은 어둑해서 분별이 잘 가지 않았다. 소장은 문 앞에서 "김태범이 누구야, 이리 나와! 지곡마을 김태범" 하고 소리쳤다. 보이지는 않았지만 뭔가 수런거림이 일었다. 더위에 지쳐 누워 있던 수감자들이 일어나 앉으면서 바쁘게 눈빛이 오갔지만 한사람의 이름만 불린 걸 알고는 대다수가 다시 빈 가마니 쓰러지듯 누웠다. 까만 눈동자들이 오가다 이윽고 한사람이 엉덩이를 조금 치켜들고 반쯤 일어서는 듯하더니 쭈그리고 앉았다. "김태범이 없어? 안 나와?" 소장의 목소리에 날이 조금 섰다. 눈동자들이 다시 잠시 섞였다. 일어서려다 마음을 바꾼 사람은 고개까지 숙이며 주저앉아버렸다. 지금 혼자 불려나가는 것에 겁을 먹은 게 틀림없었다. 그때 어느 한쪽에서 "네" 하는 소리가 들렸다. 문이 열릴 때부터 일어나 신경을 곤두세우며 주춤주춤 망설이다 지금은 영 자신 없이 퍼지르고 앉은 자를 유심히 살펴보던 자였다. 그 사람은 벌떡 일어서서는 곧바로 걸어나갔다. 보기에 따라서는 아주 재빠른 행동이었다. 아무 관심 없이 누워 있는 사람들 눈에는 어 벌써 나갔네, 할 정도였다. 밖으로 나온 사내는 갑작스런 햇빛에 눈이 부신 듯 두 손으로 얼굴을 가렸다. "김태범이야?" 소장의 말에 사내는 땅을 내려다보며 "네"라고 답했다. 사내에게서는 썩는 냄새가 진동을 했다.

소장은 사내를 피하듯 걸음을 빨리해서 사무실 앞의 길로 나왔다. "아부지, 아부지." 매미 소리가 멈추자 길 건너 아이의 소리가 들렸다. 사내도 그 소리가 들렸는지 한 손으로 이마를 가린 채 아이 쪽을 보았다.

"애 데리고 집에 가. 가서 기다려."

"예."

사내는 서둘지 않고 느린 걸음으로 몇발짝 걸어가서는 아이를 곧바로 들어 안았다. 그러고는 소장과 출장소를 등에 두고 빠르게 걸어나갔다. 마을 길은 곧 끝나고 밭을 지나 산길이 나왔다. 유심히 본 사람도 없었지만 보았다 해도 아버지가 어린 자식을 품에 안고 걸어가는 모습이었을 것이다. 하지만 아이는 입을 막은 손바닥 때문에 숨이 막혀 죽을 지경이었다. 이제 아이는 소리를 내지도 못한 채 다르게 울었다. "아부지 아이다, 울 아부지 아이다." 사내는 완전히 산길로 접어들었다는 걸 확인하고는 가라앉은 목소리로 말했다. "가만히 있어라. 조용히 해라." 숨이 막히는 게 겁이 났는지 손가락 사이를 조금 벌려주자 아이의 소리가 들렸다. "울 아부지 아이다 아이가." 사내가 아이를 내려준 것은 근 한시간이 지나서였다. "집에 찾아갈 수 있겠제. 왔던 길을 다시 가야 할 기다." 땅에 내려진 아이가 말했다. "우리 아부지 아이다 아이가."

아이는 길을 헤매다 저녁 무렵이 다 되어서 마을에 나타났다. 집 삽짝에 들어서며 "아부지 아이다"라는 소리를 한마디 하고는 쓰러져버렸다.

김영호가 다시 한번 다시 마음을 크게 다친 것은 국민학교 다닐 때였다. 새로 부임하자마자 4, 5학년 내리 이년을 맡은 담임이 고약했다.

4학년 새 학기가 시작되고 이틀 뒤에 담임이 집에 아버지가 안 계시는 아이들은 손을 들라고 했다. 국문 해독이 되지 않는 학부형들이 많아 담임이 설문지 대신 그런 식으로 생활환경 조사를 할 때였지만 4학년이니 이미 기본적인 기록부는 마련되어 있었다. 해당되는 아이들이 쭈빗쭈빗 손을 들자 이번에는 군경 유가족은 손을 내리라고 했다. 아무도 손을 내리지 않고 처음 다섯명 그대로였다.

"요, 뻘갱이 새끼들."

담임이 나지막하게 내뱉었다. 아이들은 처음에 무슨 말인지 알아듣지 못해서 선생을 물끄러미 쳐다보았다. 목소리가 낮아서라기보다 선생님 입에서 나오리라고는 생각지도 못한 말이었기 때문인지도 몰랐다. 키가 작은 담임이 쿵 하고 교단을 발로 굴렸다.

"뭘 봐. 누굴 봐. 이 뻘갱이 놈의 새끼들. 니거 아버지들이 모두 뻘갱이 아니가. 내가 다 조사했다."

손을 든 아이들 모두 흠칫 놀라 고개를 숙였다.

"그래, 더 처박아. 손은 그대로 들고."

팔 하나를 든 아이, 만세 부르듯 두 손을 다 들고 고개를 책상에 박은 아이, 희한한 광경이 벌어졌다. 술쟁이, 미친 개 등 여러 별호가 있었지만 아이들에게서 성씨에다 무는 개를 줄여 '최문개'로 불린 담임은 전쟁에 부친과 형을 잃었다 했다. 마을에서도 돌아서서 손가락질을 받곤 하는 아이들이었는데 이제는 여러 마을 아이들이 모인 학교에서도 꼼짝할 수가 없게 되었다.

"김영호."

담임이 그를 지목했다.

김영호는 기어들어가는 목소리로 "네" 하고 답하며 삐죽하니 고개를 치켜들었다.

"우리의 맹세, 외워봐."

교과서 맨 뒷장, 태극기 아래에 적혀 있은 글이었다. 김영호는 '우리는'으로 시작한다는 것 말고 기억나는 게 하나도 없었다. 여섯살 그 여름에 열병을 앓은 후로 생각은 물론 행동도 굼뜬데다 지금처럼 무서운 소리를 듣기라도 하면 머리가 텅 비어버리는 것이었다.

"이놈의 빨갱이 새끼들."

담임이 이를 가는지 한마디 한마디마다 뽀도독 소리가 났다.

"니거들은 이걸 하루에 열번은 읽고 외워야 한다. 내일부터 시켜서 못 외우면 변소 청소하고 또 벌 세울 기다. 니들은 특별교육 대상인데 그건 니들이 거꾸로 살아야 하기 때문이다. 애비가 빨갱이 짓 했기에 빨갱이 집구석, 빨갱이 새끼 소리 듣는 거 아니가. 그 소리 듣지 않으려면 빨갱이를 철천지 원수로 삼아야 한다 그 말이다."

담임의 특별교육은 조종례 시간과 교과시간을 구분하지 않고 수시로 실시되었다. 가령 간첩신고 요령을 교육한 뒤에 이렇게 덧붙이는 식이었다.

"6·25 때 이북 넘어간 친척하고, 죽었는지 살았는지 확실하게 모르는 이웃 사람들, 이런 놈들이 간첩이 되어 니거 집에 찾아온다 이 말이다. 특히 빨갱이 새끼들은 이런 놈들 신고해서 나라에 충성하고 고마움을 표시해야 한다. 전에도 자주 말했지만 너희 놈들은

다른 일반 친구들보다 백배 천배 이승만 박사와 우리 대한민국에
충성해야 한다. 이북 같으면 벌써 아오지 탄광이나 수용소에 보냈
을 긴데 품어주고 있단 말이다."

김영호에게 반공 교육은 그렇게 굴종과 병적 폭력성으로 뼈에
사무치게 배어들었다. 그가 또다른 인생의 전기를 맞이하게 된 것
은 부산으로 나와 고등학교를 다닐 때였다.

그가 다닌 학교는 공업고등학교 야간부였는데 늘 시간이 빠듯했
다. 대부분 낮에는 일을 하기에 등교부터 헐레벌떡 뛰어들어오거
나 지각이었다. 쉬는 시간이 오분이고 청소는 4교시를 마친 뒤 미
리 해두고 마지막 시간과 종례를 마치고는 바로 뛰어나가기 바빴
다. 특히 겨울에는 전차나 버스를 타고 통학하는 아이들은 그들대
로, 걸어다니는 애들도 그들대로 총총 학교를 빠져나갔다. 김영호
가 물구나무서는 아이를 발견한 것은 2학년 겨울이었다. 김영호는
그날따라 느릿하게 운동장 담을 따라 걸어가게 되었는데 이상한
물체가 담에 붙어 있었다. 걸음을 멈추고 자세히 보니 교복 저고리
를 벗은 아이 하나가 시멘트 담에 두 발을 붙이고 물구나무를 서고
있었다. 철봉과 평행봉도 없는 외진 데를 택한 걸 보면 남의 눈에
띄기 싫다는 뜻이니 운동이 아니라 무슨 수행 흉내라도 내는 걸까.
김영호는 그런 생각을 하며 걸음을 멈추었다.

"뭐 잊아뿟나."

물구나무선 아이가 자세를 흐트리지도 않고 말을 건넸다.

"아이다. 숨 안 가쁘나? 말까지 하고."

"모든 기 오래 하면 익숙해진다. 요대로 학교 옥상까지 올라갈 수도 있을 기다. 니 전기반이제? 2학년이가? 난 기계반 2학년이다."

김영호가 놀란 건 앞의 말보다 뒤에 한 말이었다. 어둠에 눈이 익숙해지고 학급이 몇 안된다 해도 거꾸로 보고 있는데 정확하게 알아볼 수 있다니.

"인자 바로 서볼까."

벽에다 발을 밀고 손은 또 어떻게 했는지 기계반 아이는 가볍게 일어서서 김영호에게 다가왔다.

"난 공태주다."

그날 둘은 친구가 되었다. 친구가 된다는 것은 서로의 비밀이랄까, 아픔을 공유한다는 의미이다. 공태주가 물구나무를 서게 된 것은 의붓아버지 때문이었다. 전쟁 때 부친을 잃고 어머니가 재가를 했는데 남자가 개차반으로 자주 폭력을 휘둘렀다. 중학교 2학년 때 어머니가 맞는 걸 보다 못해 의붓애비를 향해 머리를 들이받았다. 주먹은 차마 쓰지 못하고 머리로 상대 가슴팍을 박은 것이었다. 갑자기 당해서인지 술을 마셔서인지 상대는 펄썩 주저앉았다. 그런 일이 되풀이되던 어느날, 마당에서 행패를 부리는 그를 향해 머리를 숙이고 달려가는데 보여야 할 상대의 가슴팍 대신 벽만 보였다. 그때 몸이 움직였다. 두 손은 땅을 짚고 발은 어느새 벽에 달라붙어 있었다. 어떻게 바로 일어서야 하는지 궁리를 하고 있는데 하늘의 별들이 두 팔 사이로 총총 빛났다. 가쁜 숨이 천천히 가라앉으면서 피가 몰려 무겁던 머리도 가벼워지고 무엇보다 마음이 편해졌다.

그게 시작이었다. 김영호를 만난 그날도 의붓애비가 해장국을 끓이지 않았다고 아침부터 어머니에게 한바탕 행패를 부렸다고 했다.

절실함이 통했을까. 김영호는 자신도 모르게 공태주의 손을 덥석 잡으며 말했다.

"나도 해보몬 안되겠나."

"와, 니도 꽉 막힌 기 있나. 지금 해라. 내가 발 잡아줄게."

김영호는 망설이지 않고 두 손을 땅에 짚은 채 발을 차 올렸다. 태주가 잡았던 발을 담에 붙이고는 손을 뗐다. 거꾸로 선 것이다. 바로 눈앞에 밟히는 운동장 흙모래를 따라가니 어둑한 학교 건물이 밑에서부터 보였다. 1층, 2층, 3층. 흐릿한 전등 불빛이 사다리 타듯 하고 있는 산동네가 어두운 하늘에 매달려 있었다. 머리로 피가 몰려왔다. 김영호는 이를 악물고 빠르게 말했다.

"나도 아버지가 사변 때 죽었다. 국민학교 때 담임이 내 같은 애들한테 느거 아버지들이 공산당 편들다 죽었으이 니들은 나라를 위해 애비들하고 정반대로, 거꾸로 살아야 된다고 했다."

"내보다 니 마음이 더 막혔네. 그 새끼 말대로 거꾸로까지 살 것은 없어도 니 맘은 잡을 수 있다."

김영호가 일어나자 모래를 털 사이도 없이 공태주가 그의 손을 잡아주었다.

친구는 비밀이 없어야 한다지만, 김영호는 당장 닥친 고민만은 털어놓지 못했다. 김영호가 그날 운동장 담을 따라 걷다 공태주를 만난 것은 뭔가 골똘히 생각해야 할 문제가 생겼기 때문이었다.

그를 시골에서 불러낸 이는 먼저 부산으로 나와 공장에 다니던 큰누나였다. 남의 논밭을 부치는 형편에 입을 하나라도 덜뿐더러 너도나도 도시로 나오기 시작할 때였다. 거기다 큰누나는 불쌍한 막내가 고향을 떠나면 아버지 때문에 받은 상처를 조금이라도 덜 수 있을 것이라는 생각이 앞섰다. 처음에는 친척 소개로 고물상에서 일을 하다 거래처 사장의 눈에 띄어 그쪽으로 옮겼다. 사장은 파지와 고철을 모으는 중간상에다 자그마한 제지공장까지 운영했다. 사장의 얼굴도 모르고 파지에 묻혀 살다 일년이 지나 제지공장으로 옮겼다. 사장의 얼굴을 처음 본 것은 학교에 입학하고도 이년 반이 지난 여름이었다.

직공들이 밥을 대어먹는 식당에 사장이 왔다.

"밤에 학교 다니니 피곤하지?"

밥을 먼저 먹고 나가면서 김영호에게 그렇게 말을 붙였다.

"아입니더. 괜찮심더."

놀란 김영호가 엉거주춤 일어나며 더듬거리자 옆에 선 사무직원이 거들었다.

"학교 보내줘서 고맙습니다, 하고 인사를 해야지."

시골서 중학을 잠시 다니다 말았는데도 어떻게 서류를 만들었는지 입학을 시키고 회사에서 나오는 월사금도 전해주던 직원이었다.

"무슨 소리, 때가 되면 공부 해야지."

그 말을 던지고 사장은 몸을 돌렸다. 아주 짧은 시간이었다. 김영호에게 사장의 얼굴을 제대로 보았느냐고 물어보면 제 자신 고개를 갸우뚱거릴 것이었다. 그러고 얼마 뒤 김영호는 입을 손으로 훔치는 자신을 발견하고는 깜짝 놀랐다. 여섯살 여름에 두툼한 손으로 입을 틀어막던 사내에게서 풀려난 뒤 그는 손바닥을 밀어내고 손 냄새를 지우는 시늉으로 입가를 자주 닦았다. 심지어는 사통팔달로 열린 집 마당에서 더위 먹은 개처럼 입을 벌리고 헤헤거리며 가쁜 숨을 몰아쉬기도 했다. 나이가 들어가면서 조금씩 줄어들기는 했지만 그 버릇이 완전히 사라진 때는 부산으로 나온 뒤였다. 가슴이 답답한 거야 표가 덜 나지만 입을 훔치는 버릇은 공장 사람들에게 놀림이 되었다. "무얼 훔쳐먹었는데 입을 닦노." 느닷없이 되살아난 버릇 앞에서 김영호는 당황했다. 못 견딜 일은 흐려지거나 지워진 그날의 장면이 점점 또렷이 떠오르는 것이었다. 기억을 되살리는 것은 사내의 손과 몸에서 나던 악취였다. 땀내가 밴 퀴퀴하고 썩은 냄새를 김영호는 자신의 몸에서 맡아야 했다.

김영호가 무서워한 것은 그 냄새가 사장에게서 났다는 사실이었다. 제대로 얼굴을 보았는지 여부도 모호한데 머릿기름을 바르고 신사복을 입은 사장 몸에서 고약한 냄새를 맡았다니. 그는 자신의 코가 잘못된 게 아닌가 싶어 겁도 났지만, 사장의 턱 밑 흉터를 본 것만은 틀림없는 사실이었다. 인사를 하기 위해 식당 나무의자에서 일어나며 고개를 들었을 때 사장의 아래 턱에서 흉터를 본 것이다. 가위 모양으로 그어진 그 흉터는 십 몇년 전 사내의 가슴에 안겨 가는 동안 어린 김영호의 눈 바로 위에서 땀에 젖은 채 흔들리던 그것이었다.

　김영호는 가위에 눌려 잠을 설치고 입맛을 잃기는 했지만, 공태주에게는 사장이 학교를 보내주고 있다는 얘기까지만 했다. 모든 고민이나 비밀을 털어놓지 못해 태주에게 미안하기는 했지만, 말을 꺼낼 경우 친구를 곤란하게 할 수도 있었다. 최근 꿈속에 최문개가 다시 나타났다. 만일 사장이 전쟁 때 그의 아버지 대신 도망친 사람이 맞다면 그는 숨어 있는 간첩이 되는 것이었다. 시골집에서 아버지 이야기를 하는 사람은 할머니가 유일했는데 그마저도 뭐할라꼬 그런 데 도장을 찍노,라는 소리뿐이었다. 네 애비는 빨갱이가 아니다,라는 말을 듣지 못하고 자란데다 학교에서도 최문개와 방법만 다를 뿐 반공 교육이 철저했기에, 사장이 그 사람이 맞느냐 아니냐는 김영호에게 엄청 중대한 문제였다. 간첩 신고는 큰 길이나 골목, 집 대문에 붙어 있는 표어들로 해서 일상 속에 고스란히 살아 숨쉬었다. '간첩은 표시 없다 너도나도 살펴보자'라는 글자는 검고 진한 테두리 속에 들어 있어 그런지 김영호의 목을 더욱 옥죄었다. 표어는 그가 일하는 공장 벽에도 붙어 있었다. 같이 일하는 직공 아저씨 중 하나가 "아이구, 이놈의 노가다 신세. 간첩이나 한놈 잡아 팔자를 고쳐볼까. 저 돈이몬 쌀이 서른가마가 마흔가마가" 하는 농담이 김영호에게는 마른땀 흘리는 고민거리였다.

　학교에서 공태주와 나란히 물구나무를 서고, 직공들과 같이 자다가도 벌떡 일어나 나와서 물구나무를 섰지만 친구처럼 마음이 안정되지 않았다. 하지만 공태주에게 고민을 털어놓지는 못했다 해도, 같이 물구나무를 서며 지내는 동안 김영호는 참을성을 기르면서 경찰서로 가야 한다는 생각을 억누를 수는 있었다. 그렇게 간신히 버티고 있는 중에 공태주가 느닷없이 전학 간다는 얘길 했다. 3학년 2학기가 시작된 얼마 뒤였는데 서울로 이사를 간다는 것이었다. 실습을 나가는 아이들이 하나둘 늘어갈 때라 학교에서 보지 못하는 건 아무것도 아니지만 아예 서울로 간다니, 김영호는 물구나무를 서다가 잘못해서 머리를 돌덩이에 박은 기분이었지만 밤기차로 떠나는 친구를 부산역에서 배웅할 수밖에 없었다.

그 이후 김영호의 건강이 급속도로 나빠져갔다. 할아버지의 얼굴에 기억도 가물가물한 아버지가 겹치고 최문개가 나타나 개처럼 짖어댔다. 사장이 아버지 대신 살았다는 게, 사장이란 자가 아버지를 죽였다는 식으로 머릿속에 새겨지기 시작했다. 한번 시작된 원망으로 인해 마음과 몸이 공장 수조에 담겨 풀어지는 더러운 파지처럼 적셔졌다. 사장이 그가 자란 고장 출신이 아니라는 말도 귀에 들어오지 않았을뿐더러, 자기가 이 공장을 떠나면 어느정도 해결될 문제라는 생각은 아예 해보지도 못했다.

사장은 김영호 고향 마을 산판에서 일하다 주저앉은 외지인으로 아래턱의 흉터는 벌목하다 나뭇가지에 찔린 상처였다. 빨갱이 자식에서 벗어나고자 하는 김영호의 집념은 사장을 고정간첩으로까지 만들지는 못했지만 힘겹게 이루어놓은 사장의 모든 것을 거덜내게 했다. 사장은 수사받을 동안 돌보지 못했던 공장을 어떻게든 일으켜세우고자 팔방으로 뛰었지만, 자금융통은 둘째치고 거래처

들이 먼저 돌아섰다. 기관에서 용공혐의로 조사받았다는 소문만으로 그는 사회에서 기피인물이 되어버린 것이다.

김영호를 아는 사람들은 — 그래봐야 공장 사람들이 대부분이었지만 — 그를 두고 은혜를 원수로 갚은 철부지라 했다. 위험한 걸 알고도 거두어준 사장의 마음을 조금이라도 헤아려보았다면 등에 칼을 꽂는 짓은 하지 않았을 거라면서, 머리 검은 짐승은 거두지 마라는 옛말을 들먹였다. 물론 무슨 말을 하든 전생의 인연은 빠지지 않고 꼭 나왔다.

이 무렵에 이르면 김영호의 교회 출입 문제가 나온다. 공장에서 같이 일하던 사람들 사이에서 "아, 그 자식. 지가 저지른 일, 용서 빌라꼬 교회 나가는 줄 알았더니 그것도 아니더만" 하는 말이 나오기 시작했기 때문이다. 공태주를 알고 지낼 때 교회 나간다는 말을 하지 않은 것으로 보아 하나님과의 만남은 사장 고발 문제 뒤일 개연성이 높다.

공장 길 건너에 구멍가게가 하나 있었다. 주전부리와 성냥, 초, 비누 등 일용품을 팔아 출입이 잦았다. 주인 부부는 초량시장인가 어디서 따로 채소 장사를 하고 할머니와 다리 한쪽을 심하게 저는 그 딸이 가게를 보았는데 이북 사람들이었다. 일요일에는 장사를 하지 않아 불편한 예수쟁이라고만 생각했는데 어느날부터 김영호의 눈에 다르게 보이기 시작했다. 그것은 낡은 옷만 입고 허술하게 보이던 주인 부부가 양복과 양장으로, 할머니는 고운 한복으로, 자식들은 또 저마다 깨끗한 입성으로 차리고 길에 나서는 모습 때문만은 아니었다. 차림에서가 아니라 얼굴과 걸음걸이에서 보여주는 아무 근심 없는 그 편안함과 자신감 때문이었다.

어느 일요일 오전에 김영호는 길에서 그들 가족과 마주쳤다. "우리랑 같이 가자." 그 집 자식들 중에서 고등학교 다니는 또래가 말을 건네고 옆에 섰던 아저씨가 "그래, 선걸음에 예수님 영접한 사람이 한둘이 아니다"라고 받았다. 아저씨는 영호 네가 무슨 고민을 털어놓기 위해서 우리 가족 앞에 나타난 거 아니냐는 표정이었다. "괴로움과 걱정 없는 사람은 이 세상에 하나도 없단다. 말씀의 믿음으로 무거운 짐을 다 들 수 있으니 네 걸음만 수고로우면 되는 일이지."

김영호는 공장 사람들이 자신을 비난한다는 사실을 잘 알고 있었다. 변명보다 자기가 옳은 일을 했다는 걸 주장하기 위해 공장 사람들을 만나긴 했지만 생각만큼 마음이 가볍지는 않았기에, 길에서 권 장로(김영호를 교회로 이끈 권씨 아저씨를 교회에서는 그렇게 불렀다) 가족을 기다렸는지도 모른다. 교회는 그를 길 찾는 한마리 양으로 안아주었다. 무엇보다 목사님의 말씀이 그의 무거운 마음을 들어주었다. "성도 여러분, 여러분들이 왜, 누구 때문에 정든 가족, 정든 고향을 떠나 낯선 이 땅까지 내려오게 되었는지 기억하고 또 기억하십시오. 공산도배들이, 그 잔악한 이들이 우리의 하나님을 부정하고 사유재산을 빼앗은 이리떼임을 한시도 잊어서는 안됩니다. 빨갱이를 찾아 잡는 일이야말로 하나님의 소명이요 국민의 의무이며 여러분의 자제들을 지키는 일입니다." 이북 피난민들이 신자의 다수여서 목사님이 설교 중에 반공을 한두번 내세우는 것은 자연스러운 일이었다. 김영호는 교회에 열심히 나갔지만 또래인 권 장로 아들과 친하지는 못했다. 서울대를 목표로 한다는 수재에다 무엇보다 김영호 자신의 소심함이 걸림돌이었다. 대신에 김영호는 어느 모임, 어느 자리에서든 애국이니 반공 얘기가 나오면 앞서서 목소리를 높여 눈길을 모았다. 어느 주일날 오후, 권 장로가 교회 뒷마당에서 그를 붙잡고 "자네가 우리 예배당을 자네의 무슨 방주로 삼든, 첫째도 둘째도 믿음이고 영성이니 마음 닦는 데 조금도 소홀함이 있어서는 안된다"라는 말까지 할 정도였다.

김영호는 실습을 나간 공장에 눌러앉았다가 군대를 갔고, 그렇게 세월이 흘렀다. 공장과 회사를 옮겨 다니는 동안 교회도 여러 곳을 다녔다. 부인 말에 따르면 목사님의 말씀이 미지근하고 장로들이 조금 잘난 척하면 못 견디어했다 한다. 목사님 욕은 못해도 마음에 들지 않는 장로나 권사는 씹었다. "저것들이 김영삼이 김대중이 편들이지 민주화가 무슨 민주화고. 잘살면 되고 그러기 위해서는 반공, 반공, 또 반공이지"라는 소리를 부인은 자주 들었지만 그게 부친 문제와 연결되어 있다는 사실은 몰랐다. 시아버지 되는 이가 아주 일찍 돌아가셨다는 말만 들었을 뿐이고 자식들이 아는 할아버지도 다를 바 없었다.

일가 출입은 나이를 제법 먹어서 본격적으로 했다. 가족 먹여 살리느라 바쁘게 뛰다보면 그럴 수도 있으니 사오십년 전 어렸을 때 일을 두고 그들을 꺼렸다고 볼 것은 없다고 할 수 있었다. 하지만 김영호 씨를 알고 있는 나이 많은 친척이나 고향 사람들은 그의 이야기가 나오면 "영 반피이 될 줄 알았는데 그래도 사람 됐다 카이 다행이다"라는 식으로 말했다. 사람들은 그 친구가 교회 나간 지 오래되었다는 걸 알고는 "제 아버지 때문에 받은 상처를 어느 의사가 낫게 하겠는가"라는 말도 했다.

사오십 나이 먹은 뒤의 얘기는 그 시절이 누구에게나 그냥 앞에서 하던 대로 흘러간 시간이라 그런지 김영호 씨에게도 아주 특별난 일은 없었던 모양이다.

"이 정도면 마감이지?"

이야기를 끌어가던 황씨의 동료가 은행 출신답게 직장에서 쓰던 말을 황씨에게 하면서 서로 눈웃음을 나누었다.

"근데 말이지, 마감 직전에 늘 아슬하게 뛰어드는 손님이 있듯이 나도 생각난 게 하나 있네."

황씨의 동료가 다시 나섰다.

"고인 얘기를 길게 하게 된 건 결국 어떻게 돌아가셨나 하는 데서 출발했으니 그 종착점도 있어야 하겠지."

그가 자세를 고쳐 앉자 주위 사람들이 귀를 모았다.

"고인을 부산역에서 보았는데, 그게 언제냐 하면, 왜 무슨 중공업에서 노조 관계자가 장기 고공농성을 벌이고 외지에서 희망버슨가를 타고 동조 응원군들이 내려오고 야단난 적이 있었지요. 그때네요. 서울 갔다 오는 길인데 계단 낭하에 재떨이가 있어 참았던 담배를 피우는데 광장에서 집회가 열리고 있더라구요. 이삼십명쯤 될까, 소규모인데 프랜카드에 희망버스 반대한다는 내용이 적혀 있어서 텔레비전이나 신문에서 보던 노인들 집회구나보다 하며 계단을 내려오는데 모인 사람들이 막 흩어지기 시작했어요. 그중 한 무리는 제자리에서 허리를 돌리고 목을 푸는데 아, 고인이 그 속에 있는 거라. 내하고 눈이 딱 부닥쳤지. 다가가서 인사를 나누기도 어색한 그런 상태가 아주 잠깐 지나고 고인이 먼저 몸을 돌려 가버렸지. 허허, 맞아. 그랬네요."

모두들 고개를 끄덕이기는 했지만 쉬 입을 열지는 않았다. 황씨의 머릿속에 그런 사람들의 차림새가 떠올랐다. 썬글라스는 썼겠지,라는 말이 입에 맴돌았지만 "자 이제 일어나지"라는 소리가 나오고 말았다. 그렇게 해서 문상은 끝났다.

황씨와 같이 조문을 갔던 이들은 병원을 나서면서 하나둘 흩어졌다. 황씨는 혼자서 초등학교부터 중고등학교까지 학교 세곳이 모여 있는 제법 긴 거리의 산책로를 걸었다. 고등학교를 지나는데 야간자습을 하다 나왔는지 아이들이 보였다. 벤치에 앉은 아이들은 거의가 짝을 이루고 있었는데 바짝 붙어 있는 모습들이 보기 민망스러울 정도였다. 가로수 뒤 어둑한 벽에 붙은 아이들은 담배를 피우고 있었다. 황씨는 가로등이 꺼져 유독 어둠이 짙은 담을 따라 괜히 바쁜 걸음을 놓았다. 그때 그의 눈에 담에 붙은 아이 하나가 보였다. 그림자거나 어둠 덩어리 같은 아이는 이상한 자세를 취하고 있었는데 물구나무선 모습이었다. 교복도 예전에 그가 입었던

옷깃이 목을 감싸는 구식이었다. 황씨는 눈을 비비며 멈추어 섰다. 어른 키만한 나무 몇그루가 담에 바싹 붙어 있었다. 그는 고개를 흔들며 자신에게 말했다. 이거 왜 이래, 문상은 그 정도로 되었어.

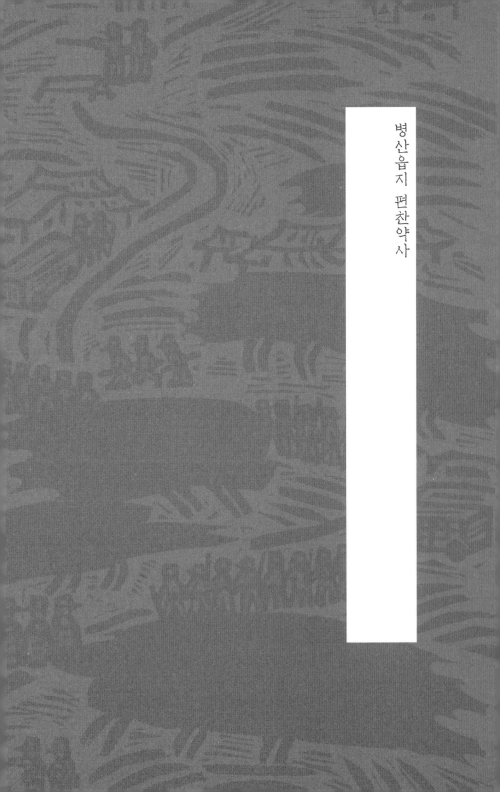

병산읍지 편찬약사

세사람 앞에 캐논 프린터기에서 출력된 A4 용지 석장씩이 놓였다. 종이는 오븐에서 막 꺼낸 바게뜨처럼 바삭하고 따뜻했지만 활자에 박힌 시선들은 차가웠다. 문제가 생긴 원고를 읽고 대책을 세우기 위해 모인 자리였다. 『병산의 어제와 오늘』 발간 전체를 통괄하는 편찬위원장과 실무를 책임지는 편집위원장과 부위원장이 읽으려는 글의 제목은 역사 편의 한 꼭지인 '해방정국과 6·25전쟁'이었다. 편찬위원장은 처음이지만 뒤의 두사람은 이미 한번 읽은 글임에도 탁자에 코를 박았다.

　"1945년 8월 15일 마침내 해방이 찾아왔다." 첫 문장은 그렇게 시작됐다.

1945년 8월 15일 마침내 해방이 찾아왔다. 일제의 사슬에서 풀렸다는 해방이라는 말이 피동적이라 빛을 되찾았다는 광복이라는 표현을 쓰기도 한다. 임시정부 우리 군대의 이름이 광복군이 아니었던가. 하지만 세계사적으로 8월 15일은 제2차 세계대전의 종전일이니 우리 민족의 해방의 기쁨도 세계사적 테두리 속에서의 그것일 수밖에 없었다. 그러므로 어느 시인이 노래했듯 그날이 왔지만 삼각산은 일어나 더덩실 춤을 추지 않았고 한강물도 용솟음치지 않았다. 일본군 무장해제를 빌미로 삼팔선이 그어지고 남에서는 미군이, 북에서는 소련군이 군정을 실시하였다. 삼봉·병산도 해방정국에서 모든 지역들이 밟았던 길을 따랐다. 일제 패망 직후 지역인사들이 건국준비위원회를 조직한바, 좌우합작 성격의 이 건준은 미군 진주 후 해체되고 좌익계열 중심의 삼봉군 인민위원회 지부가 설치되었다. 이런 좌익 중심의 활동에 반발한 고태수 김노병 등이 대한독립촉성국민회 지부를 만들었다.

해방정국은 새 나라 건설을 목표를 하는 한시적 기간이기에 분열과 혼란은 불가피한 면이 있었다. 어떤 형태의 국가를 세우느냐 하는 문제는 친일 청산에서부터 일본인 재산(적산) 처리, 토지(농지) 분배, 외세와 남북분단 문제 등과 결부되기에 어렵고 복잡할 수밖에 없었다. 이런 점에 대한 서로 다른 생각을 크게 묶어 말하면 좌우 대립이라 할 수 있을 것이다. 대립의 정점은 신탁통치 찬반 여부로 좌익은 찬성이라는 선택을 통해 고립화를 자초하였다. 이어서 1948년 2월 유엔 결의에 따라 남한 지역에서의 총선거가 그해 5월 10일 이루어졌는데 삼봉 지역의 제헌 국회의원 당선자는 무소속의 김기탁이었다. 제헌국회에서 대통령 이승만, 부통령 이시영을 선출하고 8월 15일 미군정 폐지와 더불어 대한민국 정부가 수립되었다.

하지만 한반도는 광복 5년, 남북의 서로 다른 정부 수립 2년 만에 전쟁터가 되었다. 후방에 속한 삼봉·병산은 병참부대를 비롯한 군부대들이 주둔하여 대한민국 수호에 일익을 담당했다. 비록 전쟁의 직접적 피해는 입지 않았지만 인적 피해는 피해갈 수 없었다. 무엇보다 인적 손실의 기본은 당시 전쟁에 참전한 이들의 희생이었지만 병산은 물론 삼봉군 전체의 전몰 군경과 전상자 숫자의 파악은 아직 이루어진 바 없다. 전후 혼란과 행정 미비가 원인일 텐데 역사 기록의 중요성을 다시 한번 새길 필요가 있다.

민간인 희생도 뒤따랐는데 대표적인 것이 국민보도연맹 사건이다. 우리 지역에서는 이 사건에 대한 특별한 사례가 있어 상세한 기술이 요구된다. 국민보도연맹은 1948년 12월 국가보안법 시행 이후 좌익 쪽에서 활동했던 사람들을 전향시켜 이들을 보호하고 인도한다는 취지로 조직된 관변단체였다. 창설 초기 가입자의 대다수는 전향자들이었으나 정부는 조직 확대과정에서 의무가입 대상을 광범위하게 규정하였고 자의적인 이 규정에 의해 좌익과 무관한 국민들을 가입시키게 되었다. 지역의 가입 인원은 말단 행정기관에 할당되어 공무원과 유력 인사들이 가입을 독려하고 강제하였다. 지역에 따라서는 좌익에게 물자나 편의를 제공한 혐의자와 주민 간의 사적 감정에 따라 보복성으로 가입된 사람도 있었다. 1949년 11월 20일 부산에서 결성된 경상남도 보도연맹 산하의 삼봉군 보도연맹의 결성일자 및 조직체계를 알 수 있는 자료는 발견되지 않았다.

보도연맹 가입자는 6·25전쟁이 발발하면서 적에 동조할 수 있다는 이유 하나로 구금되고 법적 절차 없이 집단으로 학살되는 처지에 놓였다. 이들에 대한 구금과 처형은 국군과 경찰의 후퇴와 동시에 이루어졌다. 낙동강 방어전선 아래 지역에서의 구금과 심사는 기간이 길고 가혹했다. 육군본부 정보국인 CIC를 비롯한 군 정보기관과 경찰 사찰계가 중심이 된 학살은 이승만 정부 최상부의 결정과 명령이 아니고서는 이루어질 수 없는 일이었다. 삼봉군의 대다수 보련원들은 8월 초순부터 중순 사이에 구금되어 8월 15일 전후로 처형된 것으로 알려졌다. 희생자 수는 조사 시기와 조사 주체, 보도기관에 따라 차이가 나지만 대체로 7백여명 전후로 추정된다. 1차 조사는 1960년 4·19혁명 뒤 삼봉군 유족회가 결성되어 실시되었다. 이때 사체 발굴과 더불어 합동묘와 비석이 마련되었으나 5·16쿠데타 뒤 파괴되었다. 이후 2009년 정부 산하의 과거사정리위원회에 의해 조사가 광범위하게 이루어졌다.

무엇보다 우리 병산은 국민보도연맹 사건에서 희생자를 줄였다는 점에서 기억할 만하다. 여기에는 일제 강점기 때 병산 면장을 지낸 김후곤과 당시 병산지서 지서장으로 재임하던 허형도 경사의 남다른 노력과 결단이 있었다. 보련원들은 좌익활동의 경중에 따라 ABC나 갑을병으로 분류되어 갑의 경우는 전쟁 발발 직후 본서에서 구금했다. 그외의 보련원들의 경우 삼봉읍은 본서에서, 나머지 11개 면은 지서별로 소집과 해제를 거듭하다 8월 초순부터는 농업창고 등에 구금하였다.

병산지서 역시 몇차례 소집과 해제를 거듭하다 본서로부터 구금자

전원을 이송하라는 전화통지를 받았다. 보련원들에 대한 처형이 이루어지고 있는 이런 절박한 시기에 병산 면장을 지낸 김후곤이 허형도 지서장을 찾아왔다. 이 자리에서 김 면장은 뜻밖에도 구금 중인 보련원들을 본서로 보내지 말고 풀어주면 어떻겠느냐는 말을 했다. 엄중한 시절에 이런 의논을 할 수 있었던 것은 병산이 허형도의 진외가(아버지의 외가)였고 김 면장은 그의 아저씨뻘이었기 때문이다. 김 면장이 덧붙인 말은 내일이나 모레 본서로 보낼 보련원들 중에 진짜 좌익사범이 있기나 하냐는 것이었다. 사실이 그랬다.

보도연맹이 결성되기 전인 1949년 봄부터 병산지서에 근무한 그로서는 보련 가입자 대다수가 적극적인 좌익활동과 무관하다는 사실을 잘 알고 있었다. 병산은 물론 삼봉 전체는 높은 산들이 군의 경계를 이루고 있어 해방정국에서 한동안 산으로 쫓겨간 좌익 무장 야산대가 활동하는 근거지가 되었다. 이들은 식량을 비롯한 물자 보급과 여러가지 편의를 주민들에게 의존하였고 주민들은 이를 거부하기가 어려운 형편이었는데 이것이 빌미가 되어 보도연맹에 가입된 숫자도 적지 않았다. 또한 연좌제에 묶이거나 면 직원과 구장의 독려로 가입한 사람들도 있었다.

본서의 전통을 받은 날 저녁 허 지서장은 야간근무를 자청하고는 밤 아홉시경 농업창고를 열어 수감 중이던 보련원들(약 90여명으로 추정)을 귀가시켰다. 그는 마을을 떠나지 말 것이며 별도의 소집이 있을 시까지 생업에 종사하라고 덧붙였다고 한다. 다음 날 본서의 이송 독촉 전통을 받은 그는 징발된 민간인 트럭의 고장과 자신의 칭병을 이유로 당일 이송이 불가함을 주장했다. 그렇게 이틀을 버틴 병산의 보도연맹원들은 미리 본서로 이송되었던 소수의 인원을 제외하고 무사할 수 있었다.

본서의 명령이 더이상 내려오지 않아 무사할 수 있었던 것은 경남도경으로부터의 처형금지 지시 때문이었다. 이 시점에서 보련원들을 비롯한 민간인들에 대한 재판과정 없는 불법 학살이 어떤 이유로 중지되었는지에 대한 명확한 자료는 아직 발견되지 않았지만(미국 정부의 중지 요청설이 유력하다) 병산 보련원과 그 가족들로서는 천행이 아닐 수 없었다.

이렇게 지서장이 자기 관할의 대다수 무고한 민간인 희생을 막은 사례는 전국적으로 희귀하기에 미담 이상의 의미있는 역사로 기록될 만하다. 허 지서장은 그뒤 본서와 경남 계엄사령부로 소환되어 조사를 받고 경찰조직을 떠나야 했다. 당시 그는 경위 진급 예정자였기에 개인적 아픔은 더욱 컸을 것이다.

편찬위원장 김성필의 눈길이 읽고 있던 원고로부터 거두어졌다. 마지막으로 시선이 머문 활자는 두줄을 비우고 가운데 앉은 '읍으로의 도약과정'이라는 소제목이었다. '춘궁기와 경제개발 5개년계획'이라는 글자가 얼핏 보였다. 김성필이 고개를 들자 편집위원장과 부위원장이 시선을 맞추었다.

"해방과 6·25를 좌우대립에 보도연맹인가 뭔가로 도배를 해서야 되나."

김성필이 혼잣말로 입을 열었다.

"해방되고 일본서 나오니 집이 있나 먹을 게 있나, 거기다 호열자라고 전염병인 콜레라까지 돌아 민심은 더 흉흉하고, 그리고 6·25 때 억울하게 죽은 사람이 한둘이 아닐 텐데 이렇게 정부 책임으로 다 돌려버려도 되는지 모르겠습니다."

김성필의 부모가 귀환동포였다는 사실을 두사람은 처음 알았지만 그냥 고개만 가볍게 끄덕였다.

"지서장 이야기는 미리 의논이 있었나요?"

김성필의 물음에 강문태 편집위원장이 즉각 답했다.

"아니죠. 그냥 집필 기준만 청탁서와 같이 보내고, 이 교수 혼자 알아서 쓴 거죠."

"이 얘기가 백 프로 사실이라고 어떻게 자신합니까?"

윤종열 부위원장이 나섰다.

"과거사위원회라고 거기서 전국적으로 조사할 때 우리 지역도 했고요, 보고서가 하나 나왔습니다."

그때 김성필의 주머니 속 스마트폰이 울렸다.

"네. 그래? 알았어."

스마트폰을 손에 쥔 채 김성필이 말했다.

"그럼, 창고 속에 있으면 되지 군이 우리 책에까지 펼쳐놓을 필요가 있겠습니까?"

그러면서 그는 엉덩이를 들었다.

"미안합니다. 한시간은 비워두었는데 일이 생겼네요. 참, 읽어보지는 않았지만. 6·25 뒤에 '읍으로의 도약과정'이 있던데, 그런 시기를 강조하면 좋을 텐데 말입니다."

김성필이 나간 뒤 두사람은 얼굴을 맞댔다. 역사 부문 집필자로 이규찬 교수를 추천한 강문태는 불편한 며칠을 보내고 있었다.

"윤독회 마치고 바로 이 교수한테 연락할 걸 그랬나봐요."

강문태가 말했다. 목소리에 힘이 빠진 건 그랬으면 좋았겠다는 뜻이라고 윤종열은 받아들였다. 그건 솔직히 자신의 심경이기도 했다.

"그래 말입니다. 저도 이렇게까지 빠르게 관심이 집중될 줄은 몰랐습니다."

편찬위는 네개의 분과로 나누어 해당 원고를 검토했는데 자연환경과 지리, 역사, 행정 항목은 제1분과 담당이었다. 마감보다 일주일이나 늦은 걸 두고 불평이 있었지만 윤독회의 시작은 좋았다. 조선시대 끝머리와 일제시대에 새로 찾아냈다는 삼봉·병산 지역의 고지도들이 여러장 펼쳐져 있었으며 읍을 가로지르는 강의 모습도 선명하게 볼 수 있어서 탄성이 터져나왔다. 근현대사는 '일제 강점기의 어려운 형편과 항일독립운동'으로 시작되어 '해방정국과 6·25전쟁'으로 넘어갔다.

"이건 좀 생각해봐야겠네요."

시대별로 끊어 읽고서 이야기를 나누는 식의 진행이었는데 처음으로 문제제기가 들어왔다.

"보도연맹이란 소릴 들어본 것 같기는 한데…… 어쨌든 지서장이 한 일은 엄연한 명령 불복종인데 그걸 옳은 일처럼 써놓아도 되나요?"

사업가이면서 관변단체 여러 곳에 이름을 얹고 있는 오국재였다. 다른 위원들이 할 말을 찾는 동안 오국재가 한마디를 더 보탰다.

"4·19면 4·19, 5·16이면 5·16이면 되지, 혁명은 뭐고 쿠데타는 또 뭔지 모르겠어요."

잠시 뒤 병산포럼 회장을 맡고 있는 이수동이 말했다.

"이 이야기를 어떤 식으로 접근해야 할지는 생각해봐야겠지만, 미담으로 넘기기엔 따질 게 있어 보이기는 합니다. 그런데 주민들 목숨을 살리기로 결심했을 때 벌써 그게 옳은 건지 틀린 건지는 결판이 난 거 아니겠습니까. 지서 주임이, 예전에는 주임이라고들 많이 부른 것 같은데, 옷을 벗었으니 명령 불복종 문제는 그걸로 끝난 거로 봐야지요."

오국재가 무슨 말을 그렇게 장황하게 하느냐는 눈길로 바라보자 이수동은 이렇게 마무리했다.

"이 '해방정국과 6·25전쟁' 글 내용이 우리가 만들려는 책의 취지에 맞느냐 아니냐를 생각해봐야겠지요."

"대한민국 군경이 죄 없는 양민을 학살했다는 소리를 하고 있는데 취지에 맞을 리 있습니까. 아무리 병산 사람들 살려낸 이야기라 해도 지나치다 싶네요. 위원장님은 어떻습니까?"

다른 위원이 강문태를 바라보았다.

"우리가 만드는 게 기본적으로 읍지니까, 이 부분은 크게 보아

집필자가 고을에서 일어난 일을 상세하게 기록한다는 맥락에서 기술한 것으로 볼 수 있지 않겠습니까. 그리고 방금 말씀하신 대로 사람들을 많이 살렸다는 걸 강조하다보니 이야기가 그렇게 흘러간 것 같습니다. 그래도 어쨌든 보도연맹에 너무 치중한 건 문제가 있어 보이니 저희들이 생각해보겠습니다."

강문태가 부위원장에게 시선을 돌리자 "네. 일단 유보하고 다음으로 넘어가는 게 어떻겠습니까?" 하고 윤종열이 받았다. 그는 이야기가 오가는 동안 「쉰들러 리스트」라는 영화가 기억났지만 입을 다물었다. 언론인 출신인 윤종열은 기획력이 뛰어나 축제위원회를 비롯해 문화 방면으로 활동범위가 넓었다.

"우리가 손을 조금 봐서 해결될 문제는 아닌 것 같은데요."

오국재가 필자들의 원고를 부분적으로 수정하고 윤문할 수 있다는 편찬 원칙을 들먹이고 나왔지만 왈가왈부 시간을 끄는 것보다 보류 결정이 제대로 된 조처로 받아들여졌다. 그렇게 윤독회가 끝난 다음 날 오후, 강문태가 부위원장과 따로 만날 시간도 정하지 못하고 있는데 전화가 한통 걸려왔다.

"아니 위원장님, 애써서 예산 통과해드렸더니 좌빨 글 싣는다니 이게 말이 됩니까?"

병산 출신 군의원 중의 한명이었다.

"아니 그게 아니고, 어제 얘기가 나와 유보를 시켰습니다."

"여러 할 말 없습니다. 예산이 우리 군민들 혈세라는 말씀만 드립니다."

그러고 하루 뒤 오늘, 편찬위원장인 김성필이 달려왔던 것이다.

"이 교수 글이 택시가 되어버렸어, 단 사흘 만에."

강문태가 말했다.

"네?"

택시라니, 윤종열은 무슨 소린가 싶었다.

"어제 전화 받았을 때 창가에 서서 거리를 봤거든요. 그때 택시 두대가 줄지어 가더라고. 아, 이 문제가 우리 편찬위원들 손에서 벗어나 누구나 입에 올리는 문제가 되었구나. 누구나 손만 들면 세워서 태워야 하는 택시처럼 말요."

윤종열은 알아들을 듯하면서도 조금은 아니다 싶은 강문태의 말에는 대꾸하지 않고 바로 본론으로 들어갔다.

"간명하게 처리하시지요."

"간명하게?"

"네. 이 교수에게 전화해서 6·25 중에서 보련이 차지하는 비중이 너무 크니 줄여달라고 하는 거죠."

"결국은 수정 요구네."

"다른 이야기 해서 복잡해지지 않게 그냥 축소만 강조하시죠. 양이 줄면 용어나 문맥도 힘이 빠질 테니 그런 문제점들이 절로 해결되지 않겠습니까?"

강문태가 고개를 끄덕이며 탁자 위에 놓인 자기 스마트폰을 들었다.

상대가 전화를 바로 받았다. 열어놓은 '한뼘통화'로 이 교수의 목소리가 흘러나왔다.

"원고가 늦어져서 죄송합니다. 제가 몸이 좀 불편했습니다."

"네, 그러셨군요. 편찬위원회에서 같이 읽어보고 이렇게 전화를 냈습니다. 잠시 시간이 괜찮으신지?"

"네, 말씀하십시오."

"6·25 부분을 좀 줄여주셨으면 합니다. 정확하게 말하자면 보도연맹 부분입니다."

"왜, 무슨 문제가 있습니까?"

"네, 편찬위원들이 원고를 읽고 나온 의견이 이렇습니다. 소제목이 '해방정국과 6·25전쟁'인데 보도연맹 사건이 차지하는 양이 압도적으로 많은 것 아니냐, 그런 얘기입니다."

이 교수가 잠시 침묵하더니 말했다.

"병산에 대한 이야기를 담는 책이니까 근본 성격은 읍지 아닙니까. 그러니 다른 지역과 다른 6·25, 다른 보도연맹 사건을 겪었다는 걸 기록해야 하지 않겠습니까. 더구나 이 이야기는 앞서 나온 삼봉군지에서도 언급하지 못한 거니까 더더욱 기록으로 남겨야 한다고 생각합니다. 양이 많아졌다고 하시는데 되도록 상세하게 기술해야 전후 상황과 맥락이 파악된다는 판단에서 그렇게 한 겁니다."

"교수님 뜻은 이해할 수 있습니다. 근데, 문제는 편찬위원분들의 생각은 다르다는 겁니다."

강문태가 잠시 뒤 "명백하게"라는 말을 덧붙였다. 그 말이 상대방에게 어떻게 작동했는지 이 교수가 "내일이 금요일이니까……

제가 내일 병산에 가겠습니다. 세시경이 어떻습니까?"

"네, 좋습니다."

전화가 끊긴 뒤 윤종열이 먼저 입을 열었다.

"말씀 잘하셨습니다. 상대가 심각한 상황이라는 걸 안 것 같습니다. 저도 내일 배석하겠습니다."

윤종열이 방을 나간 뒤 강문태는 소파에 등을 깊이 묻었다. 갑자기 피곤이 몰려왔다.

그는 병산 출신으로 교편을 잡았었다. 근무지도 고향을 크게 벗어나지 않았고 중·고등학교에서 국어를 가르치고 교장으로 퇴직했다. 시와 수필을 쓰면서 문단에 얼굴을 내밀고 향토사에 관심을 가졌다. 기회가 되어 군지 발간 때 글도 쓰고 편집위원으로 참여하면서 교육자로서뿐 아니라 문인이자 향토사 연구자로 이름을 굳혔다. 이태 전쯤, 그가 출입하는 이런저런 자리에서 읍 승격 20주년 기념 이야기가 돌았을 때 강문태는 당장 읍지 발간을 떠올렸다. 명분과 의의가 서는 일이라 특유의 성실함과 끈기로 사람들을 만나고 설득했다. 마침 도의원을 지내고 현재 병산읍 발전협의회 회장을 맡고 있는 김성필이 손을 내밀어주었다. 일이 진행되면서 강문태는 자기 생각과 배치되는 여러 변화와 맞닥뜨렸다. 그가 기획과 집필을 염두에 두고 각계 전문가들 중심의 편집위원회 구성을 제안했지만 편찬위원장을 맡은 김성필의 생각은 전혀 달랐다.

"그냥 편찬위 하나면 됩니다. 그 안에 교장선생님과 한두분이 편집위원으로 조금 전문적인 걸 맡아주시면 되지 않겠습니까."

그가 내민 편찬위 명단은 한마디로 읍의 유력자 리스트였다. 출향인들 중에서 사계의 권위자들을 편집위원으로 모셨던 이전과는 전혀 다른 방식이었다. 이번에도 일부 부족한 예산을 후원금으로 충당했지만 그 형태는 전혀 달랐다. 전에는 책 말미에 이름을 올린 게 다였는데 이번에는 병산읍 발전협의회 회원들 몇이 그대로 편찬위에 들어와 후원과 편찬이 섞이고 말았다. 편찬위 면면을 살피며 강문태는 지방자치제 선거와 기업의 힘을 떠올렸고 추세거니 하고 받아들였다. 그러면서 몇백년을 이어온 고유한 인문·사회 영역인 읍지 발간에 뜬금없이 하청이니 용역이란 말까지 떠올리기도 했다. 집필진이 한명도 편찬위에 참여하지 않게 되었음은 물론 책에 필자의 이름을 명기하지 않는 방향으로 의견이 모아지고 있었기 때문이다. "우리가 필자 선정해서 돈 주고 글을 받으면 그 글은 우리 편찬위원회 소유지요. 기획, 편집부터 감수까지 모두 우리가 하잖아요"라는 주장이었다. 강문태가 저작권 문제를 떠나서라도 일반적 통념에서 벗어난다고 주장해서 최종 편집에 들어가기 전까지 유보해두고는 있지만 자기 주장대로 되지 못하리라는 걸 그 자신이 예감하고 있었다. 편찬위 회의가 거듭될수록 그의 마음은 어쨌거나 안태고향을 위한 마지막 봉사라고 여기고 이 일을 무난하게 끝내야 한다는 식으로 단순해져갔다. 지금 심정도 마찬가지였다.

강문태는 읍지 편찬이 진행되어온 과정을 떠올리고서 뻐근한 목을 몇번 돌리고 일어나 창가로 갔다. 강가에 자리한 편찬위 사무실의 탁 트인 시야로 공단과 아파트 단지들이 혼재한 읍의 한쪽 정경이 들어왔다. 인근 대도시에서 빠져나온 공장들이 공단을 만들기 시작하더니 요즘에는 베드타운 소리까지 듣고 있었다.

다음 날 세시, 이 교수가 사무실에 나타났다. 썬글라스를 벗으며 그가 인사를 했다.

"제가 얼마 전에 눈이 좋지 않아 수술을 했습니다. 원고가 늦은 것도 그래서였습니다."

실내에서도 썬글라스를 쓰겠다는 양해를 구하는가 싶었지만 그는 썬글라스를 저고리 윗주머니에 넣었다.

"눈까지 안 좋으신데 원고 이야기를 다시 하게 됐네요."

명함을 나누어 가진 뒤 강문태가 그렇게 곧장 본론으로 이야기를 이끌었다.

"제 생각은 어제 잠시 말씀드린 그대로입니다. 6·25 때 병산까지 포함해서 삼봉 전체에 희생만 있었다면 오히려 몇줄로 넘어갈 수도 있겠지만 사람을 살려낸 경우가 있으니까 제대로 기술해야 된다는 것입니다. 병산읍지니까 말입니다."

강문태가 고개를 가볍게 끄덕였지만 하는 말은 달랐다.

"보도연맹 사건이 6·25의 전부가 되어버린 건 문제가 있다는 지적입니다. 말씀처럼 병산에서 일어난 일은 분명 기록할 만한 가치가 있습니다만 그게 우리 고장이 겪은 6·25의 전부가 되어서는 안된다는 그런 얘기입니다."

강문태가 이야기하는 동안 윤종열이 일어나 사무용 책상에 놓인 출력된 원고 두부를 들고 왔다. 처음부터 탁자 위에 놓아두는 게 분위기를 딱딱하게 한다 싶어 거기다 둔 것이었다. 강문태가 종이에 눈을 박더니 한장을 넘기면서 말했다.

"교수님의 '해방정국과 6·25전쟁'은 크게 세 부분으로 나누어 볼 수 있네요. 8·15에서 정부 수립까지가 하나, 전쟁 발발과 보련 조직, 그리고 삼봉의 희생자와 진상조사가 또 하나이고, 그런 다음에 병산지서 이야기가 또 하나죠. 해방정국 글의 길이는 실상 얼마 안되는데, 두 단락이군요. 그리고 6·25가 시작되는 부분부터 보도 연맹 가입의 문제점과 처형, 진상조사까지가 앞의 해방정국하고 길이가 비슷합니다. 그런데 다시 병산지서 이야기가 앞의 두 부분만하니 편찬위원들이 불균형 소리를 한다 싶네요."

이 교수는 자기가 쓴 원고를 강문태가 자로 재거나 가위로 오리듯 길이를 따지고 끝에 가서는 편찬위원을 끌어와 비판하는 주체를 슬쩍 바꾸는 걸 지켜보며 잠깐씩 눈을 감기도 했다. 그는 자신의 불편한 마음이 드러날까 걱정이었다. 얼굴을 맞대고 말을 나누면 해결될 거라는 자신의 판단이 잘못되었다는 생각에 아찔하기도 했다. 강문태라는 분이 이런 사람이었나 싶었지만 실상 그에 대해 아는 바가 없었다. 고향의 향토사 연구자로 이름자를 아는 정도였다. 그런 면에서는 강문태도 마찬가지였다. 족보를 통해 가문을 연구하는 보학이 향토사의 근간인데다 출향인에 대한 관심은 그에게 아주 자연스러운 것이라 그렇게 알게 된 인근의 국립대 사학과 교수 이규찬을 필자로 추천했던 것이다.

"어제 전화로 말씀하신 대로 국민보도연맹 사건을 줄여달라, 이 말씀이시군요."

이 교수가 숨을 깊이 들이마시고 입을 열었다. 어쨌거나 여기까지 온 이상 할 말은 해야 했다.

"위원장님이나 부위원장님도 허형도 지서장 이야기는 알고 계시지요?"

"들은 적은 있지요."

윤종열은 그저 입을 다물고만 있었고 강문태가 답했다. 강 위원장의 말을 듣고 이 교수는 아, 이분은 안다는 말을 다르게 표현하시는구나,라는 생각이 들었지만 기운을 내서 다음 말을 이어나갔다.

"우리 현대사에서 참 대단한 일이 병산에서 일어난 것 아닙니까. 전국에서 유일무이한 사건이죠. 그런 면에서 과거사위원회의 삼봉사건 조사보고서에서 몇줄로 넘어간 건 정말 문제가 있다고 생각했습니다. 무엇보다 두분이 잘 알고 계시겠지만 읍지가 문헌으로서 역사서로서 가치를 지니려면 이런 이야기를 제대로 기록해둬야 하지 않겠습니까?"

강문태가 이번에는 고개를 끄덕이지 않고 대답했다.

"이 교수님도 알고 계시겠지만 병산의 역사에 현대사만 있는 게 아닐뿐더러 기본적으로 개괄적 기술이어야지 너무 좁혀서 집중시키는 것은 문제지요. 또한 지금 문제가 된 사건을 두고 이게 객관적 시각에서 완전하게 정리되었다고 말하기도 어려울 테고요."

"보련 얘기를 특정한 부분으로 보고 분량 얘기가 나온다면 그런 경우가 이미 있어왔다는 말씀을 드리고 싶네요. 조선 개국공신 정

준발 장군에 의해 삼봉이 최초로 부(府)로 승격되었다는 얘기나 임란 때 의병으로 나선 수불 스님의 공적 발굴은 위원장님이 참여하신 읍지에서 길이가 상당하지 않습니까. 이번에 저도 상세하게 다루었고요. 그리고 객관성을 담보하지 못하니 보련을 줄여야 한다고 하시는데 몇년 전에 그때를 겪은 분들이 생생하게 증언하고 광범위하게 조사한 결과물이 정부 산하 위원회에서 공식적으로 나왔지 않습니까. 그걸 두고 문제를 삼는 건……"

이 교수가 잠시 생각하다 뒷말을 줄였다.

"좀 그렇네요."

그의 머릿속에 역사와 관련된 여러 낱말들이 오갔지만 그 정도로 끝냈다는 걸 두사람이 짐작 못할 리 없었다. 그동안 입을 다물고 있던 윤종열이 그걸 말해주었다.

"이 자리에서 우리가 얘기를 너무 전문적으로 깊이 할 것 있습니까. 편찬위에서 만들고자 하는 게 우리 고장의 어제와 오늘을 자라는 학생들을 포함해서 모든 주민들에게 알려 자부심도 가지고 내일의 발전도 도모하자는 것이니 그 정도 틀에서 얘기하는 게 좋지 않나 싶습니다."

강문태가 할 말은 하겠다는 자세로 상체를 앞으로 기울였다.

"정 장군과 수불 스님 모두 업적도 그렇지만 무엇보다 역사적 인물이니 다루는 데 무슨 문제가 있겠습니까. 물론 지금 이 자리에서 교수님과 역사 기술방법 뭐 그런 얘길 하자는 건 아닙니다만, 현대사 자체에 우리가…… 발을 딛고 살고 있으니까 민감하지 않을 수 없지요."

띄엄띄엄 강문태가 연결시키는 말을 들으면서 결국 이 교수의 목구멍 안에서 가벼운 탄성이 흘러나왔다. 그는 잠시 시선을 창밖에 두었다. 늦은 봄의 햇살이 견디기 힘든지 금방 눈꺼풀이 떨리다 감겼다. 침묵이 잠시 흐르고 이 교수가 주머니에서 썬글라스를 꺼내며 말했다.

"제가 요즘 썬글라스를 쓰고 다닌다 해서 역사를 보는 제 시선까지 색안경인 건 아닙니다."

하고 싶은 말을 우스개에 담아보았지만 두사람의 표정은 딱딱하기만 했다.

"아까 제가 말씀드린 바대로 심각하게 접근하지 않는 게 이 일의 기본이라 생각합니다. 분량을 좀 줄여달라는 그 얘기로 받아주시면 됩니다."

윤종열이 뒷말을 이렇게 붙였다.

"이건 여담입니다만, 우리 위원장님이 위원회에서 공격을 많이 받습니다. 사업하시는 분들이 많다보니 그런지, 하여튼 응원군은 없는데다 발간 날짜까지 다가오고, 애가 타실 겁니다."

이 교수는 원고를 늦게 준 것까지 이 자리에서 미안하게 생각해야 하나 싶어 울컥 역정이 솟았지만, 고향 어른분들이다 싶어 웃는 얼굴로 바꾸었다.

"그래도 위원장님 곁에는 부위원장님이라도 계신데……"

입을 열기는 했지만 이 교수는 뒷말을 잇기가 어려웠다. 응원군이 없어 논의에서 밀린다는 말을 할 수는 없었다.

"며칠 말미를 주십시오."

세사람은 악수를 나누었다. 다시 머리를 맞대고 보니 오십대 중반의 이 교수만 희끗희끗 흰머리가 보이고 나이가 한참 위인 두사람 머리는 새카맸다. 얼굴까지 비교하면 더없이 부조화스러운 모습이지만 아무렇지도 않게 넘어가는 세상이었다. 이 교수는 복도로 나오면서 잊고 있었다는 듯이 손에 쥐고 있던 썬글라스를 썼다.

이규찬 교수는 토요일 오전 일찍 연구실로 갔다. 한적한 캠퍼스는 물론이고 블라인드가 내려져 조금은 어둑한 연구실이 자신의 심사와 어울린다 싶었다. 연구자로서 자존심 상하는 일에 걸려들었지만 전화로 못하겠다고 말하지 못하고 이렇게 연구실에 앉은 것은 고향 읍지에 싣는 글이라는 이유 때문이었다. 부친 대에 떠났지만 삼봉은 선산이 있고 재실이 있는 곳이었다. 국사 전공 교수가 제 고향에서 만드는 읍지에 역사 부문을 쓴다는 것은 일반적으로 보아 당연하면서도 개인적으로는 영광이라고 할 수 있었다. 그러기에 이규찬 교수로서는 등재지 학술논문의 4분의 1만 받는 연구점수가 지금 문제가 되는 건 아니었다. 청탁을 받았을 때 그의 머릿속에 달려든 게 병산의 보도연맹 사건이었을 만큼 허형도 이야기는 진작부터 마음을 사로잡고 있었다. 근현대사 전공이 아니기에 일단 접어두고 있기는 했지만 논문 생각까지 해볼 정도로 관심이 가는 주제였다. 지금 그의 마음이 딱 그랬다. 애정과 미련은 한 몸이었다.

당분간 밝은 빛을 피해야 하기에 컴퓨터도 켜지 않고 출력해둔 원고에서 6·25 부분을 찾아 읽어나갔다. 두번째 단락부터가 보도연맹 이야기였다. 우선 눈을 머물게 한 것은 보도연맹 가입의 강제성에 대한 설명이었다. '지역의 가입 인원은 말단 행정기관에'부터 '사적 감정에 따라 보복성으로 가입된 사람도 있었다'까지 긴 문장에 연필로 줄을 죽 그었다. 군 정보기관과 경찰 사찰계가 학살 주체라는 문장에서는 한참을 망설였다. 구금과 처형의 주체가 누구인지는 반드시 밝혀야 하는데 '국군과 경찰의 후퇴와 동시에 이루어졌다'는 문장이 그걸 확실하게 말해주고 있느냐 하는 판단을 해야 했다. 거기에다 그 문장에서 처형은 몰라도 구금이 후퇴와 동시에 이루어졌다는 표현은 정확하지 못했고 구금과 처형, 학살이라는 표현이 되풀이되고 있었다. 그는 상단의 여백에 이렇게 고쳐 써보았다. '이들에 대한 학살은 후퇴하는 국군과 경찰에 의해 저질러졌으며 낙동강 방어전선 아래 지역의 보련원들도 처형을 피하지는 못했다.' 새로 쓴 문장을 가운데 두고 앞뒤를 읽어보니 연결도 무난해 보였다. 삼봉군의 보련원 구금과 처형, 그 뒤의 진상조사 부분은 그대로 두고 다음 단락으로 눈길이 넘어갔다.

단락이 바뀌고 시작된 '무엇보다 우리 병산은'으로 시작되어 '희생자를 줄였다는 점에서 기억할 만하다'라는 문장이 보련 이야기가 소개되는 두번째 문장과 중복이고 ABC와 갑을병도 그랬다. '병산에서 희생자를 줄인 데는 면장을 지낸 김후곤과 지서장 허형도의 결단이 있었다'로 고치고 ABC를 지웠다. 그의 눈길은 이제 김 면장이 지서장을 찾아간 장면에 머물렀다. 우선 진외가가 아버지의 외가라는 뜻풀이를 지우고 '본서로 보낼 보련원들 중에 진짜 좌익사범이 있기나 하냐는 것이었다'를 읽었다. 그러다 몇줄 뒤에 지서장이 '보련 가입자 대다수가 적극적인 좌익활동과 무관하다는 사실을 잘 알고 있었다'를 발견하고는 뒤의 글을 지웠다. 지우고 다시 보니 아니었다. 김 면장의 말을 수긍하기 위해서는 지서장 자신의 명백한 판단이 전제되어야 하는데 중복이라는 급한 마음에 한쪽을 지운 것이다. 이규찬은 지운 부분에다 습관대로 한자 생(生)을 쓰고 동그라미를 쳤다.

그다음 내용은 지서장의 생각을 뒷받침하는 사례들이었다. 이미 보도연맹 결성 부분에서 부당한 가입에 대한 설명이 있으니 중복이라는 생각과 그래도 좌익과 무관하다는 점이 보강되어야 한다는 생각이 마주쳐 판단이 어려웠다. 그는 한참 머리를 싸매다 생(生)자로 살린 '보도연맹이 결성되기 전인 1949년 봄부터'라고 시작되는 문장을 '그 자신이 1949년부터 이곳에 근무했기에 김 면장의 말이 틀리지 않다는 걸 잘 알고 있었다'로 고쳐 쓰고 야산대에 대한 주민들의 편의 제공과 연좌제가 나오는 그다음 문장 모두를 걷어내었다. 고쳐 쓴 문장은 곧바로 당일 밤에 허형도가 창고 문을 열고 사람들을 풀어준다는 내용과 연결되었다. '그 자신이 1949년부터 이곳에 근무했기에 김 면장의 말이 틀리지 않다는 걸 잘 알고 있었다. 본서의 전통을 받은 날 저녁 허 지서장은 야간근무를 자청하고는 밤 아홉시경 농업창고를 열어 수감 중이던 보련원들(약

90여명으로 추정)을 귀가시켰다.' 뭔가 이가 빠진 듯 허전하고 실감이 없을뿐더러 문장의 이음도 불안했다. 앞서 지운 문장들, 활자의 한가운데를 관통하며 그어진 연필 줄이 자기 몸을 그은 칼자국 같아 마음이 아려왔지만, 이왕 시작한 것 빨리 끝내겠다는 초조함이 그 위에 포개지기도 했다. 이제 마지막 부분이었다. 글의 호흡이 빨라져서인지 처형 중지를 경남도경 지시로 마무리할 수 있다면 '재판과정 없는 불법 학살'이나 '천행이 아닐 수 없었다' 부분은 뺄 수도 있어 보였다. 그리고 "경위 진급 예정자였기에 개인적 아픔은 더욱 컸을 것이다"라는 마지막 문장도 지워졌다.

이규찬 교수는 진작부터 가슴에 치민 스스로를 향한 화를 죽이며 줄이 그어지고 화살표와 줄 바꿈표 등 자기만이 아는 교정부호들이 어지러운 글을 처음부터 다시 읽어보았다. 전후 맥락이 끊어져 다시 써야 할 지점에 표시를 해가다 희생자 숫자와 조사기관 대목에 눈길이 머물렀다. '1차 조사는'에서부터 '과거사정리위원회에 의해 조사가 광범위하게 이루어졌다'까지 모두 삭제할 수 있겠다 싶은 생각이 슬며시 달려들었다. 아니지, 그는 고개를 흔들었다. 그런데 마음보다 손이 성급하게 유족회 결성과 합동묘 파괴가 담긴 문장을 지우고 있었다. 그는 깜작 놀라 연필을 내던지고 일어났다.

"이런, 제기랄!"

다음 주 월요일 오전에 이 교수는 강문태에게 전화를 냈다.

"아무래도 수정하기가 어렵겠습니다."

"저희들이 어려운 부탁을 드렸나봅니다. 그럼 이 문제를 어떻게 하는 게 좋겠습니까? 8·15부터 6·25까지만 다른 분에게 부탁드리는 방법이 있을 성싶은데 말입니다."

이 교수가 수정을 할 수 없다고 결정지었을 때 필연적으로 따르는 문제를 강문태가 말했다.

"역사 부분 전체가 제 이름으로 나갈 텐데 그 부분만 다른 이름으로 따로 나간다는 건 좀 이상하겠습니다."

"아, 미리 말씀을 드리지 못했는데 책에 필자를 개별적으로, 그러니까 각 항목마다 밝히지는 않을 것 같습니다."

"네? 그런 일이 어떻게?"

"그렇게 되었습니다."

이 교수로서는 필자 명기 여부를 따로 밝힌 원고청탁서를 지금껏 받아본 적이 없었다. 당장 메일로 받은 청탁서를 찾아볼 수도 없고 전화로 따질 일도 아닌 것 같았다.

"그럼, 전 모두 빠지겠습니다."

약간 흥분한 이 교수와 달리 강문태는 차분하게 답했다.

"네, 여러모로 아쉽지만, 그럼 이 문제를 그렇게 끝내겠습니다."

전화를 마치고 강문태는 윤종열과 만났다. 이 교수 글이 통째로 빠졌을 때의 대처방법은 두사람 생각이 거의 같았다. 문제가 된 부분은 내부자인 윤종열이 쓰고 나머지 글은 제삼자에게 의뢰한다는 것이었다. 윤종열은 그 자리에서 몇군데 전화를 해서 새 집필자를 쉬 찾아냈다. 이 교수가 재직하는 대학이 아닌 다른 대학에 나가는 시간강사였다. 강과 윤은 이 교수의 원고를 새 집필자에게 건네주기로 했는데 무엇보다 편집마감 날짜가 촉박했기 때문이었다. 아울러 윤이 쓸 글의 길이를 감안해서 해방과 6·25전쟁 이전의 모든 원고를 1할 정도 줄이기로 결정했다.

윤은 다음 날 새 필자를 만났다.

"우리가 내려는 책의 성격이 통상적으로 말해 읍지이기는 하지만 요즘 이런 저술들의 추세가 그 고장의 변화 발자취를 통해 긍정적 측면의 발전사를 알리는 것 아닙니까. 편찬위원회의 생각도 다르지 않습니다."

그는 원고청탁서 대신 구두로 발간 취지부터 강조했다.

"미리 말씀드린 대로 발간 날짜를 맞추어야 하니 어쨌든 두주 안에 원고를 주셔야 합니다. 여기, 군지하고 표본원고가 도움이 될 겁니다."

윤은 이 교수의 원고를 표본원고라고 칭하면서 누가 썼는지 이름을 밝히지 않았다. 글을 새로 쓰는 이유에 대해서도 사정이 생겨서라고만 했다. 다행히 시강강사로 이십여년을 버티고 있는 사십대 후반의 새 필자는 표절과 대리집필 등이 심심찮게 행해지는 학계 형편과 세상 물정을 잘 아는 사람인지 고개만 연신 끄덕였다.

윤은 표본원고 중에서 아주 독창적이다 싶은 자료나 기술은 건너뛰고 1960년대 이후는 소항목을 새로 짜고 자료와 서술을 상당히 다르게 할 것 등을 주문했다. 물론 문장의 호흡이나 서술어를 바꾸는 이야기도 구체적으로 했다. 어차피 윤이 다시 읽고 손을 볼

테니 이 교수의 글에서 멀어지는 게 아주 어려운 일은 아니 듯도
했다.

만남 뒤 윤종열은 한동안 끊었던 담배까지 꺼내 물며 자기가 써
야 할 원고 생각에 매달렸다. 그 자신의 촉으로 이런 일은 사람을
나누고 꼬리표를 붙이는 데 유용하게 작동할 것 같았다. 그의 머릿
속은 다른 사람들이 입에 올리지 않을 용어와 기술방법을 열심히
찾아댔다.

1945년 8월 15일 일본이 미국을 비롯한 연합국에 무조건 항복을
선언함으로써 제2차 세계대전이 끝나고 우리 민족은 해방되었다. 여
운형을 중심으로 국내 지도자들은 곧바로 건국준비위원회를 조직하는
등 새 나라 건설의 준비에 나섰지만 전승국인 미국과 소련은 일본군
무장 해제를 명분으로 한반도에 삼팔선을 그어 남과 북에 군정을 각각
실시하였다. 군정 치하에서 우리 민족의 새 국가 건설계획은 제한적일
수밖에 없는데다 좌우 대립이라는 이중고를 겪어야 했다. 건국준비위
원회 이후 좌파 중심의 인민위원회가 전국적으로 조직되었지만 미군
정에 의해 불법화되었음은 물론 전 국민의 지지를 받지도 못했다. 우
파의 활동은 이승만 박사를 지지하는 대한독립촉성국민회를 중심으로
이루어졌는데 삼봉에서는 고태수와 김노병이 지부를 만들었다.

이러한 정치 우위의 정국은 수십개의 정당과 수십개의 신문사를 출
현하게 했으며, 당시 유엔 사무총장 리(T. H. Lie)가 미국 측 자료에 근
거해 "남조선의 경제상태는 전쟁으로 황폐해진 국가의 경제상태보다

더 악화된 것 같이 보인다"라는 보고서를 제출할 정도로 민생은 도탄에 빠지고 전염병까지 퍼져 혼란상태를 가중시켰다. 이러한 와중에 좌익은 한국에 대한 오년간의 신탁통치 결정에 대한 찬성으로 고립을 자초하고 이후 총파업과 대구폭동 사건을 일으키기도 했다. 삼봉·병산에서도 좌익은 조직적으로 활동했다. 이들은 일제 때 경찰에 몸담았던 이○○와 지주 김○○를 친일파로 지목하여 살해했고, 서울에서 내려와 있던 대학생 성시춘이 공산당을 비난한다고 해서 가족이 보는 앞에서 백주에 살해하는 등 잔인성을 보였다.

남북한을 아우르는 정부 수립은 미소공동위원회의 완전한 결렬로 무산되면서 단독정부 수립의 수순에 들어갔다. 1947년 11월 유엔 총회에서의 한국 총선거안 가결, 소련의 유엔한국위원단의 북한 방문 거부, 유엔 감시하에서의 남한 총선거에 따라 1948년 8월 15일 대한민국이 탄생했다. 우리 삼봉군의 제헌 국회의원 당선자는 무소속의 김기탁이었으며 초대 대통령에는 이승만 박사가 선출되었다.

1950년 6월 25일 북한의 김일성이 중국과 소련의 승인하에 전쟁을 일으켰다. 삼봉은 다행히 낙동강 방어전선 아래에 속해 직접적인 피해를 피하면서 후방 병참기지로 대한민국을 수호하는 데 중요한 역할을 했다. 삼봉초등학교와 병산초등학교를 비롯한 군내의 모든 교육시설에는 군부대가 주둔하였으며 특히 새로 지은 병산중학교는 임시 육군병원으로 쓰였다.

비록 후방이었다 해도 물적·인적 피해는 피할 수 없었는데 무엇보다 수많은 삼봉·병산 지역의 젊은이들이 전선에 나가 몸을 다치거나 목숨을 잃었다. 하지만 전몰 군경과 전상 군경 숫자는 정확하게 파악된 바가 없다. 전후 혼란과 행정 부족이 원인일 터이지만 외국의 여러 마을처럼 그들의 이름을 새겨 기념하는 조형물이 있지 않다는 것은 아쉬우면서 반성할 일이 아닐 수 없다.

한편 국민보도연맹원들을 비롯한 민간인 희생도 따랐다. 국민보도연맹은 광복 이후의 사상 대립에서 좌익에 물든 이들을 전향시켜 대한민국 국민으로 품기 위한 반공조직이었다. 정부는 좌익활동을 했던 이들을 일정 기간 교육해 탈맹시키기로 계획하고 있었지만 북한의 전쟁 도발로 모두 무산되었다. 이 과정에서 병산의 보도연맹원들은 도 경찰국의 처형 중지 지시와 당시 지서장 허형도와 전 면장 김후곤의 도움으로 구제되었다.

삼봉과 병산은 이렇게 광복과 정부 수립, 그리고 6·25전쟁을 겪으면서 경제개발로 비약적 발전이 시작되는 1960년대를 맞았다.

"그래요, 진작 이렇게 줄여 써야지 뭐 그리 시시콜콜히 파고들어. 도경의 지시가 있었다고 먼저 전제를 하니까 지서장 문제도 넘어갈 수 있네. 좋습니다."

이 교수 원고를 보고 명령 불복종 이야기를 꺼냈던 오국재였다. 제1분과 윤독회는 김성필 위원장까지 참석해서 제법 딱딱한 분위기 속에서 시작되었는데 오국재의 첫말이 긴장을 풀어주는 듯했다.

"근데 말입니다."

이수동이었다.

"역사에서는 선후라는 게 중요하지 않습니까? 임진왜란 나기 전에 일본에 통신사로 간 두사람이 동인 서인 하는 사색당파 땜에 보고를 다르게 해서 국방을 소홀히 하고, 그 결과로 어떻게 되었다, 그렇게 인과관계가 있는 선후 말입니다. 저번에 무슨 교수가 쓴 글에서는 지서장이 창고 문을 열어준 뒤에 도경에서 처형금지 명령이 내려왔다고 되어 있은 것 같아서 하는 말입니다."

버릇대로 이야기를 늘어뜨리기는 했지만 아무도 얼른 대꾸를 못했다. 오국재가 "그걸 부위원장님이 왜 몰라요. 하긴 앞에 글이 워낙 편향이 심해 내용이 백 프로 옳다고 단정할 자신도 없긴 하지만, 명령 불복종 문제도 지우고 정부의 개입이 있어 희생을 줄인 건 사실이니까 이렇게 배치한 거지. 이게 무슨 문제가 되겠습니까"라고 다시 나섰지만 침묵이 잠시 이어졌다.

"틀린 지적은 아니네요. 제가 오 위원님 말씀대로 전체를 생각하다보니 놓친 것 같습니다."

당사자인 윤종열이 말했다.

"지금 생각하니 이렇게 쓰면 해결될 것도 같습니다."

그러면서 그는 이야기가 오가는 동안 메모한 글을 읽었다.

"이 과정에서 병산의 보도연맹원들은 당시 지서장 허형도와 전 면장 김후곤의 노력과, 도 경찰국의 처형 중지 지시에 의해 구제되었다."

"방금 읽은 그 문장을 앞에 나가셔서 저기 화이트보드에 써보시죠."

말을 아끼던 김성필이 윤종열부터 여러 위원들을 둘러보며 말했다.

"지금 우리가 다루는 부분은 제1분과뿐 아니라 편찬위 전체에서 감수까지 받기로 했으니까 명확하게 해야 할 것 같습니다."

윤종열이 화이트보드 앞으로 걸어가는 동안 모두들 "그럼요" 하면서 편찬위원장의 발언에 동의를 표했다.

『병산의 어제와 오늘』은 그로부터 5개월 뒤에 나왔다. 4·6배 판형 상하권 1천부 한정판으로 비매품이었다. 예정보다 두달이나 늦은 것은 필자가 바뀐 '역사' 항목 때문이 아니라 '인물과 성씨' '문화·종교' 항목 때문이었다. 어떤 대상을 넣고 빼는 게 문제가 되는 것은 사람이나 건축물이나 마찬가지였다. 문화·종교 쪽에서 재실 사진과 교회 사진을 두고 시간이 소요된 건 뜻밖이었다. 자료 성격이 짙은 모든 책에 정오표가 붙는 건 아니지만 편찬위에서는 발간 뒤 정오표를 만들었다. 하권 뒤표지 바로 앞에 끼워둔 한장짜리 정오표에는 26개 항목이 촘촘히 앉아 있었다. 대부분이 오탈자였으며 '역사' 항목에서는 하나도 나오지 않았다. 지역 국회의원을 비롯하여 삼봉·병산 지역의 주요 인사들이 참석한 가운데 출판기념회가 열린 이주일 뒤 편찬위원회는 읍사무소 인근의 한 식당에서 해단식을 가졌다.

봄, 그리고 여름까지

아파트를 벗어나 그는 산책로에 접어들었다. 옅은 안개가 드리우고 있었지만 아침 공기는 상쾌했다. 가벼운 등산복 차림의 몇사람이 앞서가고 있었다. 아침 산책이라고 해야 할지 등산이라고 불러야 할지, 이사 온 뒤로 그는 몇년째 뒷산을 오르고 있었다. 그렇지만 어제와 오늘은 무슨 대단한 목적을 갖고 나선 듯해서 기분이 조금 이상스럽긴 했다. 그는 코스를 머릿속에 그려가며 걷고 있기도 했다. 이웃한 아파트 단지에서 이어져 나온 산책로의 합류지점이 보였다. 길 하나를 건너면 바로 산 어귀였고 산길은 완만한 가파막으로 시작되었다. 체육시설이 모여 있는 곳에서 사람들이 두런거리는 소리가 들려왔다. 그는 오른편 능선으로 눈을 두었다. 어제 올랐던 등산로의 들목은 풀과 나무에 가려 눈여겨보지 않으면

놓치기가 쉬웠다. 사람들이 잘 찾지 않는 것은 비가 내린 뒤 며칠 간은 진흙길이 되는 구간이 있기 때문이기도 했다.

그는 체육공원을 지나면 만나는 세갈래 갈림길에서 오른편 된비알로 방향을 잡았다. 그 길을 이십분쯤 오르면 너덜 지대의 끝자락을 따라 난 소로가 나오는데 수림이 좋고 길도 평탄했다.

이 길은 그가 잘 다니지 않는 코스였다. 시간 여유가 있었던 지난 5월 첫 주의 연휴 때 발길이 여기로 닿았고, 하산 길의 개울에서 냉수마찰을 하고 있는 사내를 보았다. 산에 오르다보면 눈살을 찌푸리게 하는 광경을 더러 보게 되는데 사내를 만났을 때에도 그런 생각부터 들었다. 한겨울에도 팬츠 바람으로 조깅을 하는 노인이나 송아지만한 개를 두마리나 데리고 오는 아가씨, 나무에다 한짐이나 되는 배를 부끄러운 줄도 모르고 퉁퉁 부딪는 여자까지 그 행태도 갖가지였다. 한적한 곳이기는 했지만 알몸 상체를 내놓고 냉수마찰을 하는 사내도 그런 모습과 크게 다를 바 없이 그의 눈에 들어왔다. 다만 그 순간에 한가지 다른 점이 있었다면 어쩐지 불안해 보인다는 생각이 얼핏 스쳤다는 점이다. 사내와 마주친 개울은 수량도 풍부하고 맑았다. 계곡이 완만하게 휘도는 지형이라 물가의 땅도 평평하고 숲으로 둘러싸여 쉬기에는 그럴 수 없이 좋아 보였다. 한여름이라면 훌훌 벗어던지고 멱이라도 감고 싶은 마음이 절로 날 만한 장소였다. 거기서 사내가 냉수마찰을 하고 있었던 것이다. 아무리 인적이 드물다 해도 대규모 아파트 단지들로 이루어진 동네 뒷산이었다. 얼핏 스치긴 했지만 사내는 용모와 행색도 번

듯하고 나이도 그 자신과 비슷해 보였다.

길이 괜찮다 싶어 두번째 찾았을 때 사내는 윗옷을 벗은 채 신문을 읽고 있었다. 라디오도 듣는지 귀에는 리시버를 꽂고 있었다. 그는 사내가 나름 마음에 드는 장소를 정하고 시간 여유를 갖고 오는가보다고 생각하면서도 태연한 그 모습을 보는 게 왠지 불편했다. 예사롭게 지나치지 못하고 눈길을 주면서 이런저런 관심을 보이고 있는 자기 자신이 불편하다고도 할 수 있었다. 괜한 신경을 쓰고 있는 것이 사실이었다. 시간도 조금 더 걸리는 코스를 신경까지 써가며 찾을 필요는 없었다. 그는 자신이 늘 다니는 길로 코스를 바꾸었다. 그런데 지금 그는 어제에 이어 연 이틀째 다시 이 길을 찾아오고 있었다. 어제는 급하게 반대방향으로 올랐지만 오늘은 아예 작정을 한 듯 제대로 찾아가고 있는 것이었다.

요즘 그는 자신도 잘 이해할 수 없는 심리상태에 빠져 있었다. 일주일 전쯤 그는 병원을 찾아 몇가지 검사를 했다. 며칠째 몸이 무겁고 기분이 좋지 않았다.

"무리를 해서 그래요."

아내로서는 당연히 해볼 수 있는 소리였다. 막내 혼사로 신경을 쓴데다 술도 많이 마신 건 사실이었다. 세번째이기도 해서 익숙하기는 했지만 절차나 인사는 매양 처음 하듯 신경이 쓰였다. 더구나 이번에는 식장을 서울로 정하다보니 몸도 많이 힘들었다. 인사도 소홀히 할 수 없는 게 마지막이지만 세번째였기 때문이었다. 흔한 말로 정년 전에 자식 하나 결혼시키기도 어렵다는데 벌써 세번이나 청첩장을 돌렸으니 주위에 신세를 크게 진 것이 사실이었다. 그는 자리가 있을 때마다 빠지지 않고 나가 인사를 했다.

"위염일 거예요."

오랫동안 궤양으로 고생한 그였기에 아내가 미리 진단까지 했다. 무슨 병이든 낫고 나면 잊고 말지만 앓을 때는 손톱 밑에 박힌 가시 하나도 세상 무게의 아픔이고 걱정인데, 정말이지 그는 한 십 년 동안 죽을 고생을 했다. 헬리코박터균의 발견 때문인지, 스트레스를 주던 승진 덕인지 낫기는 했지만 암에 대한 우려까지 말끔 씻을 수는 없었다. 이내과라는 간판을 걸고 의사 넷이 모인 병원이 최근 그의 단골이었다. 위 내시경을 비롯해서 준종합검진에 가까운 것을 받은 것은 물론 몸이 개운치 않다보니 건강에 신경이 쓰였기 때문이었다. 그러면서 마음 한편에는 좋은 일 뒤에 액이 따를 수도 있다는 속설이 은연중에 자리 잡고 있었다. 친척이나 친구, 직장관계 사람들을 만날 때마다 자식 복도 많다느니, 무슨 걱정이 있겠느냐는 소리가 과장된 것은 아니었다. 때가 맞고 운도 닿은 거지만 정년 하는 해에 마지막 혼사까지 무사히 치렀으니 남의 부러움을 살 만도 했던 것이다.

사람은 누구나 나이에 따라 무얼 헤아리고 헤아린 것을 가능하면 실천하지만, 그런 면에서 그는 다소 예민한 편이라고 할 수 있었다. 아이들이 고등학교와 대학에 다닐 무렵 그의 눈에 들어온 게 선배들이나 직장상사들의 공통된 고민인 자녀들의 혼사 문제였다. 아무리 돈이 있고 지위와 명예가 있다 해도 아이들 혼사 문제가 여의치 않으면 그 대목에서 풀이 죽거나 헛산 것 같은 언색까지 보이는 걸 그는 자주 보았다. 마음대로 안되는 게 자식 문제라지만 그는 남달리 신경을 쓰고 노력한 게 사실이었다. 모든 게 마무리되었다 싶었을 때 몸이 불편하다보니 호사다마라는 말이 생각나지 않을 수 없었다.

물론 그는 마음에 담아둔 근심일랑 입 밖에 내지도 못하고 병원을 찾았다.

"궤양 증세가 조금 보이네요."

혈압이나 당, 간은 정상이었다.

"괜찮대죠?"

집에 들어서는 그를 보고 아내가 말했을 때 그는 무안하기보다는 짜증이 치솟아 "그래도 어딘가 마뜩잖은데"라면서 얼굴까지 찡그렸다.

아내는 준비해두었다는 듯이 "신경성이지 뭐"라고 받아넘겼다.

"걱정할 것도 없네요. 쉬어요. 이번에는 별스럽게 아끼는 막내에다 끝이라 그런지 눈물까지 보이던데 뭐. 허탈감이 클 만하지."

딸애의 손을 잡고 식장에 들어섰을 때 가슴이 뭉클했던 건 사실이었다.

"그야 일시적 감정이지."

"정년이잖아요. 애들 일 다 끝내고 정년까지 맞으니 여러가지 생각이 나겠지요. 감회라 해야 하나, 그런 것도 지나치면 병이지 뭐."

사실, 아내에게 털어놓지 못한 증상이 또 하나 있기는 했다. 위염일 거라고 확신했던 집사람에게 짜증을 낸 것도 실은 그 때문이었다. 누구나 아침에 눈을 떴을 때 떠오르는 상념이나 기분 같은 게 있게 마련이다. 자기 전에 하던 생각이 떠오를 수도 있고 불완전한 꿈의 조각을 맞추거나 하는 그런 것인데 횟수가 잦아지면서 자리에서 뒤척이는 시간이 길어지고 있었다. 그런 사실을 알고 지난 며칠간을 곰곰 따져보기도 했지만 심리적 갈등을 불러올 만한 일은 없었다. 어제 놓쳤거나 소홀했던 것도 찾아보고 그날 놓쳐서는 안 될 일도 챙겨보았지만 눈을 뜨자마자 자리에 누워 새김질할 만한 정도의 것은 아니었다. 어떨 때는 점심으로 먹었던 쌈밥정식의 비좁은 상과 보글보글 끓고 있는 된장 뚝배기가 놓였던 위치까지 선명하게 떠오르기도 했으니 걱정거리하고 관계가 없다고도 할 수 있었다. 그는 잡념이라고 넘겨버리지 못했다. 분명 무엇인가에 사로잡히거나 놓친 게 있지만 막상 따져보면 텅 빈 바위틈을 내려다보거나 책상을 뒤지고 있는 그런 기분에 그는 빠져 있었다.

자기 자신에게도 제대로 설명할 수 없는 증상이나 심사를 아내에게 드러내기는 더욱 어려웠다.

그러다 어제 아침에 눈을 떴을 때에는 산에서 만난 사내가 문득 떠올랐다. 점심 먹던 식탁을 떠올린 것처럼 참으로 쓸데없는 잔상이거나 허상이었다. 냉수마찰 하는 사내를 떠올리고 따지고 들다보니 이상한 데로 빠졌다고 해야 할지 장고 끝에 악수 둔다는 바둑의 격언이 생각난 것도 그래서였다. 그렇지만 밥상은 그냥 사물이거나 물상에 지나지 않지만 사내는 사람이니까 생명이 있지 않은

가. 그런 식으로까지 파고든 것은 그만큼 자신이 절박했기 때문인지도 몰랐다. 어쨌거나 일주일 넘게 계속되고 있는 증세랄까 현상 중의 하나이다보니 무엇 하나라도 놓쳐서는 안될 것 같았다. 냉수 마찰을 하고 신문까지 읽는 사내의 모습을 무턱대고 지워버리기에는 어쩐지 마뜩잖은 기분까지 드는 것이었다. 그는 천정을 보며 생각에 몰두했다.

공공장소나 마찬가지인 동네 뒷산 개울에서 태연히 냉수마찰을 하는 사내를 떠올리고는 그냥 무시하고 지나치려니 왠지 불안한 마음까지 달려든다? 그는 그렇게 생각을 가다듬었다. 공중도덕도 지키지 않는 무례한 사람이라고 혀를 차며 그냥 지나치지 않고, 저 나이에 창피라도 당하면 어쩌려고, 하는 마음이 든 것은 자기 또래에다 나름 점잖아 보여서였다. 그렇게 따지고 드니 자신의 경우에 이해할 수 없다는 것은 곧 불안하다는 말하고도 통하고 평소에도 그런 의식이 생활이나 사고방식으로 작동할 수 있겠다 싶었다. 그게 소심한 성격을 드러내는 거라고 해석할 수도 있었다. 이것 봐라, 하는 심정으로 그는 사내의 잔상에 매달렸다. 그로서는 무엇보다 왜 아침마다 괜한 걱정, 하찮고도 쓸데없는 잡념에 시달리는지 그걸 아는 게 중요했다. 아내 말대로 신경성이라고 하고 넘기기엔 이해가 잘 가지 않는 상념에 시달리는 형편이라 사내가 무슨 단서라도 되는 것은 아닐까 싶어 더욱 매달렸다고 할 수 있었다.

그래서 그는 벌떡 몸을 일으켜 산으로 갔다. 당장은 그 방법밖에 없을 것 같았다. 이부자리에서 시간을 지체했기에 그는 걸음을 서

두르며 반대방향을 택했다. 계곡에 도착했을 때 사내는 보던 신문을 막 접고 있었다. 귀에서 빼내 배낭 위에 올려놓는 리시버에서는 영어 회화가 가느다랗게 흘러나오고 있었다. 물건들을 하나하나 배낭 주머니에 넣으며 사내가 말을 걸어왔다.

"저번에는 위에서 내려오시더니."

한적한 곳이라 그런지 사내는 그의 얼굴을 기억하고 있었다. 얼굴도 마주 보고 목소리까지 들어보니 사내는 역시 그 자신과 거의 동년배로 보였다.

"네⋯⋯"

배낭을 메고는 사내가 인사했다.

"먼저 내려갑니다."

"네⋯⋯"

그러면 그렇지, 사내의 뒷모습을 보며 그는 단정했다. 아무것도 아니었다. 맥이 풀리기는 했지만 그저 단서나 기미 하나라도 놓치지 말자는 심정이었으니 그대로 그만이었다.

오늘 또다시 사내가 냉수마찰을 하는 곳으로 걷고 있는 것은 아침에 눈을 뜨고서, 어제는 그 사내를 떠올렸지, 그게 빈틈없이 그릇이 놓인 식탁을 본 것하고 크게 다를 바 없다는 걸 알았으니 또 가보지 뭐, 하는 심사에서였다. 그는 마음이 가는 대로 따라가보자는 심리상태에 자신을 놓아두어보고 싶었다. 어제와 오늘의 아침 등산이 한 날의 그것처럼 느껴지는 것은 같은 시간대에다 산길의 형세 또한 그만그만하기 때문이라기보다는 자신이 매달리고 있는 상념의 반복 때문이었다.

5부 능선쯤 될까, 가팔막을 다 올랐다. 힘든 지점은 거기까지였다. 너덜 지대의 끝자락을 따라 나 있는 소로부터는 걸음이 가벼웠다. 참나무 군락지를 지나니 계곡으로 내려가는 길이 나왔다. 개울가 주위의 공터가 보이자 그는 걸음을 늦추었다.

저만치 아래에 사내가 보였다. 맨손체조를 막 끝내고 감색 등산 셔츠를 벗고 있었다. 사내는 수건을 물에 적셔 짜서는 얼굴과 목부터 천천히 닦았다. 팔과 앞가슴을 문지르고는 수건을 머리 위로 넘겨 등으로 가져갔다. 그렇게 건장한 골격은 아니지만 수건의 움직임에 따라 어깨근육이 움직이는 모습은 그런대로 보기 좋았다. 그때 햇살 한줌이 내려와 사내의 몸을 잠시 비추었다. 사내는 아침 나무들처럼 그냥 생생하게 살아 있는 것처럼 보였다. 남의 눈만 신경 쓰이지 않는다면 자기도 해보고 싶다는 생각까지 들었다. 멀리서 인기척이 나는 듯했다. 그는 헛기침을 하고는 물가로 내려갔다. 사내가 셔츠를 입고 있었다.

"이제 나오세요."

"네, 안녕하세요."

그는 땀에 젖은 얼굴과 목덜미를 손수건으로 닦는 대신 세수를 하기로 했다. 흐르는 물이 찼다. 내려가는 동안 어차피 땀이 나겠지만 그것과 상관없이 기분이 상쾌하고 여유로운 느낌이 들었다. 시간만 있다면 바위에 앉아 수목을 바라보며 쉬고 싶기도 했다. 그는 손수건으로 얼굴을 훔치고는 곧 자리를 벗어났다. 냉수마찰 하는 것과 세수하는 게 뭐가 다르다고. 그런 생각까지 퍼뜩 들었다. 자신의 심리적 변화야 그 순간의 정황이나 분위기에 좌우된 것이니까 그렇게 따지고 들 건 아니라고 생각했다. 그로서는 자고 일어났을 때 떠오른 사내를 이렇게 맞부딪치면서 지워나갈 수 있다는 게 중요했다. 내일부터는 평소에 다니던 길로 갈 수 있다는 것만으로도 족했던 것이다.

이틀 뒤 토요일 오후, 그는 뜻하지 않게 사진전을 보게 되었다.

예전에 모시고 있던 분의 부고를 전해준 이는 얼마 전에 지점으로 나간 후배였다.

"선배님, 문자 잘 안 보실까 싶어 전화드렸습니다."

돌아가신 이까지 세사람은 고등학교와 대학 동문 사이였다. 후배는 자기가 꼭 봐야 할 전시회가 있다면서 "댁에서 가까우니 택시 타고 오시면 거기서부터는 제 차로 모시죠"라고 덧붙였다. 후배는 아마추어 사진작가였다. 전시장에는 그가 먼저 도착했다. 토요일 오후의 정체가 시작될 시간대였다. 김기수 세번째 회고전. 갤러리 입구에 붙여놓은 제목이었지만 무슨 기록사진전 같아 보였다. 30여점쯤 되는 대형 사진은 하나같이 모여 있는 사람들의 얼굴, 집회나 대규모 행사에 참석한 숱한 사람들의 얼굴이었다. 앵글의 방향이 어디든 얼굴들만 가득했다. 어떤 것은 정면에 보이는 얼굴만 선명하고 뒤는 흐릿하게 하거나, 반대로 앞쪽은 흔들리고 중간쯤에 있는 사람들만 클로즈업한 것도 있었다. 이마에 띠를 두른 이들도 보이고 구호를 적은 현수막이나 깃발도 보였지만 초점은 모두 얼굴 표정에 맞춰져 있었다. 집회나 행사 사진만이 아니라 경기장의 관중이나, 환영 인파, 군대의 분열식, 꽃놀이 나온 인파도 보였다. 사진 제목은 촬영 연도에 일련번호만 적어놓고 장소를 적지 않아 현장을 중시한 것이 아니라는 인상을 주고 있었다.

사진 한장에 담긴 수백명의 갖가지 얼굴 표정들이 보여주는 리얼리티 때문인지 그의 발걸음은 더디어지고 있었다. 모임의 목적과 장소가 열기와 긴장, 침묵 등의 공통된 표정을 만들고 있었지만 그 얼굴들을 세밀히 살펴보면 표정이나 분위기가 조금씩 다르다는 것도 재미나는 발견이었다.

"선배님 자신을 찾고 계세요?"

후배가 곁에 와 있었다.

"응? 왔는가. 그러는지도 모르겠군. 보다보니 그런 기분이 들기도 하네."

그는 어느정도 솔직하게 말했다.

"이런 사진을 뭐라고 부르나? 다큐멘터리인가 했더니 꼭 그런 것만도 아니고."

"보도사진이라고 하기도 좀 그렇죠? 기록할 역사로서의 사진을 강조하는 이들도 있죠. 가령 우리나라의 1960, 70년대 현장을 담은 구와바라 시세이라는 일본 작가가 그런 경우인데 그보다는 이쪽이 좀 부드러운 편이지요. 김기수 선생은 배경보다는 인물 위주인데다 설명에서 장소를 빼버리니까 오히려 의미도 풍부해지고…… 그

때 그들이 있었다,라거나 내가 이 자리에 있었다면 어떤 표정일까 등 같은 시간대가 만들어내는 인간의 연대성과 개별성, 뭐 생각할 게 많겠지요. 사진기자 생활도 얼마간 했다는데 다양한 모습의 군중만 찍는 거로 유명해요."

후배가 하는 말을 듣는데 그의 눈앞에 수많은 인파의 모습이 언뜻 보였다 사라졌다. 지금 보고 있는 사진들로 인한 자연스런 연상이겠지만 딱히 무슨 장면인지는 알 수가 없었다.

"해태하고 삼미팀 응원복 입은 걸 보니 프로야구가 1982년에 시작된 걸 알겠고, 87년은 민주항쟁이고, 전철에서 쏟아져 나오는 이 사람들, 출근하는 모습 같기도 한데 97-2는 뭐지?"

"외환위기인가요?"

그런 말을 주고받으면서도 그는 스스로 답하고 있었다. 나는 어디에도 없다. 그는 확실히 사진이 주는 실감에 빠져버렸다. 캠퍼스에서 어깨동무를 하고 교문을 나선 적도, 군중과 함께 서울역 광장이나 부산 서면 로터리를 걸어본 적도, 회사 앞마당 농성장에도 그는 없었다. 프로야구나 월드컵 경기를 보러 간 적도 없기는 하지만 그와 비슷한 자리가 있었다 해도 사진전을 관통하는 테마가 대규모 집단이나 군중의 이미지였기 때문에 자신의 부재가 증명되는 쪽으로만 기억이 모아지고 있었다.

"이 많은 사람들의 초상권은 어떻게 되나?"

그는 싱거운 소리까지 하고 말았다.

"광장에 나온 이상 익명성은 포기한 게 아닐까요. 그러면서도 이 얼굴들 하나하나는 여전히 익명인 채로 존재한다는 것도 재미있지 않습니까?"

사진을 보면서 내 얼굴은 어디에도 없다,라는 생각이 든 것은 물론 그 자신이 집단적인 자리에 군중으로 나선 적이 없기 때문이었다. 몇가지 기억이 달려들었다. 광장이란 곳에 나선 적이 없었다는 것을 생각할 때와 달리 이번 기억은 하나의 장면으로 느릿하게 펼쳐졌다.

고등학교 2학년 때였던가, 실력이 없다고 알려진 늙은 수학교사의 수업시간에 몇놈이 땡땡이를 친 까닭에 그의 반은 단체기합을 호되게 받았다. 상위권 아이들이 빠졌기에 수업 보이콧으로 보였던 것이다. 책상 위에 꿇어앉기, 한밤중까지 운동장 뛰기, 부급장이었던 그는 엉덩이를 두배로 맞아야 했다. 그리고 도시 근교에서 보낸 군대 시절. 제대 말년에 동기 몇놈과 무단이탈을 해서 술을 마시고는 새로 부임한 중대장에게 얼음을 깨고 방화수 속에 팬티 바람으로 들어가는 기합을 받았다. 턱이 덜덜 떨린다는 말이 빈말이 아니라는 걸 그때 알았다. 혼자서는 외출증 없이 영화를 보고 와도 아무 탈이 없었으니 집단으로 움직인 게 잘못이었다.

그런 경험이야 윷말의 도나 개의 차이일 뿐 누구에게나 있을 테지만 개개인의 성격에 따라 어떤 식으로든 세상살이에 작용을 하는 것도 사실이었다. 사회에 나온 뒤로 그는 단체에 들어가거나 집단으로 움직이는 게 자신의 선택 문제이었을 때 늘 외면해왔다.

그것은 어쩌면 처세의 방도일 수도 있고 제때 아이들 결혼을 시켜야 한다는 걸 알고 노력했던 것과 마찬가지로 세상 사는 나름의 지혜일 수도 있었다. 그래서 잘못되거나 후회한 적이 있었는지, 지금 그런 것까지 헤아릴 필요는 없었다.

전시장에서 나오니 여섯시였다. 길어진 해가 여전히 따끔하게 쏟아지고 있었다. 후배는 화랑에서 조금 떨어진 공영 주차장에 차를 세워두고 있었다. 넓은 주차장에 차들이 빼곡했는데 햇빛이 유리창에 부딪쳐 눈을 부시게 했다. 그때 그의 눈앞에 실체도 모를 어마어마한 숫자의 군중 모습이 잠깐 스쳤다. 전시장에서도 겪었던 현상이었다.

"사진 이야기 때문에 늦었는데, 축하합니다."

후배가 걸음을 멈추고 자동차 열쇠를 꺼내며 말했다. 그 말을 듣자 아침 밥상에서 아내가 했던 "오늘이 막내 생일이에요. 이젠 제 남편이 챙겨주겠네"라는 얘기가 되살아났다. 그는 후배에게 고맙다는 인사를 하고는 차에 올랐다. 앞 유리창에 쏟아지는 햇빛에 그는 잠시 눈을 감아야 했다.

셋째 결혼식 전날 연차휴가를 내다보니 노 전 대통령의 영결식 중계방송을 우연히 보게 되었다. 처음에는 노제에 참석한 인파에 놀랐다. 빈소를 찾은 조문객에 대한 보도를 접하고 있었기에 상당한 사람들이 모일 거라는 짐작은 하고 있었지만 생각을 뛰어넘는 규모였다. 내일 차편이나 하객들을 위한 음식 준비 등을 다시 확인해야지 하면서도 그는 화면 앞을 떠나지 못했다. 그런 한편으로 결혼식장과 서울 시청이나 역과의 거리를 가늠해본 것은 추모 열기가 다음 날까지 이어질지도 모르는 데서 오는 자연스런 걱정이었다. 화면에 빠져 있는 동안 무엇이 저 많은 사람들을 광장과 대로로 나오게 했을까라고 생각한 것은 누구나 해볼 수 있는 것이었다.

추모 인파와 그 열기에 대해 뒷날 전문가들이 여러 의견을 내놓았고 주위 사람들과 이런저런 얘기를 나누기도 했지만 끝판에는 정치적인 해석으로 귀결되기는 마찬가지였다. 그게 다일 수도 있었다. 그런데 방금 전 사진전에서 보았던 수많은 인물들의 갖가지 표정, 골똘하거나 놀라거나 긴장된 얼굴들을 떠올려보니 절절하다는 말이 머리를 때렸다. 어떤 성격의 자리든 그들의 얼굴이 생생하게 살아 있어 보였던 것은 그 순간 개인이 보여준 진정성 때문이 아니었을까. 그리고 저마다의 절실함이 무엇이든 그런 절실함들이 그 시간 그 장소에 모이게 한 것일 터였다. 생각이 자연스레 그런 자리에 자신은 한번도 없었다는 데까지 이어지자 순간적으로 자식들의 결혼식 단체사진이 스쳤고, 머리가 아득해졌다. 자동차 유리창에 쏟아지는 햇빛과 닫힌 공간 속의 열기 때문만은 아니었다. 그는 신음했다. 그러고 보니 결혼식 뒤에 어딘가 빈 듯하고 불안했던 것은 결혼식 전날 보았던 화면의 강렬함이 잠재되어 있다가 개인의 절실함을 군중의 그것으로 이어보지 못한 자신에 대한 진단이거나 추궁이었는지도 모른다. 큰일을 끝냈으니 지난 시간을 되돌아본다는 아내의 말도 맞는 말이 되었다. 끙. 그는 신음소리 같은 탄식을 내뱉으며 자리에 등을 깊이 묻었다.

"왜 어디가 불편하세요? 해가 너무 부시죠."

썬글라스를 쓰고 전방을 주시하던 후배가 말했다.

"아니, 그래 우리가 지금 서쪽으로 가고 있지."

사진전을 보고 문상을 다녀온 뒤로도 그는 아침에 눈을 뜨면서 뭔가 미진하거나 불안한 기분에서 완전히 벗어나지는 못했다. 지금 자신이 감회에 빠져 지난날을 되돌아본다는 데 대해 스스로 동의하고 군중 속에 모습을 보이지 않았던 자신을 제대로 살핀 것은 물론이었다. 그렇지만 상념들은 뒤죽박죽인데다 냉수마찰 하는 사내가 왜 다시 한번씩 떠오르는지는 알 수가 없었다.

사흘 뒤 폭우가 쏟아졌다.

잠자리에 들기 전부터 비가 내렸지만 새벽에는 빗소리 때문에 잠을 깨야 할 정도의 장대비였다. 교통방송에 채널을 맞춰놓고 출근을 서둘렀지만 대규모 아파트 단지와 외부를 잇는 터널 앞은 비상등을 켠 차량들이 꼬리를 물고 있었다. 우물쭈물하다 유턴을 해서 일반 도로로 빠질 기회를 놓친 그는 앞차를 따라 더디게 나아갔다. 하수구에서 넘친 빗물로 차바퀴가 반쯤 물에 잠긴 상태였다. 끼어들기에 신경을 곤두세우면서 그는 순환도로 입구에 겨우 턱을 걸쳤다. 외부에서 진입하는 두 차선과 합쳐진 도로가 터널 앞에서는 다시 3차선으로 줄어들고 그게 다시 2차선 통행으로 바뀌고 있었다. 터널 앞에 경찰차가 옆으로 서서 차선을 통제하고 있었다. 2차선으로 터널 하나를 통과하고 나니 다시 경찰차가 물에 반쯤 잠긴 채 가로로 서 있었다. 두번째 터널 입구에 다다르니 웅덩이가 파인 듯 엄청난 흙탕물이 고여 있었다. 한줄로 늘어선 차들이 물살을 가르며 갓길로 바짝 붙어서 터널로 들어가고 있었다. 정전까지된 터널이 캄캄한 아가리를 벌리고 텅 빈 채 뻗어 있었다.

그의 차가 웅덩이를 지날 때였다. 철버덕하는 소리와 동시에 물살이 갑자기 앞 유리로 쏟아져 내리는 바람에 그는 순간적으로 눈을 감았다 떴다. 그때 웅덩이에서 헤엄치는 팬티 바람의 사내가 보였다. 사내가 그를 알아보고는 일어나 하얀 이를 드러내고 웃으며 손을 흔들었다. 그는 오른손을 들어 흔들 뻔하다 물살에 밀려 기우뚱하는 차체를 느끼고 황급히 핸들을 힘주어 잡았다. 그는 전조등이 내뿜는 한줄기 불빛과 고요한 정적만이 흐르는 텅 빈 터널 속으로 나아갔다. 헤엄을 치다 그에게 다가오며 손을 흔들던 사람은 산에서 보았던 사내였다. 그렇다고 그는 생각했다.

시간당 80밀리까지 폭우가 쏟아졌다는 그다음 날 저녁, 아내가 사진을 정리하고 있었다. 결혼식 사진을 이제야 보냈다면서 새 앨범이 탁자 위에 올려져 있었다. 식장 사진과 신혼여행 사진은 물론 집에 모인 친척들과 찍은 사진까지 보였다.

"그 와중에도 브이 자까지 그리고 있는 거 좀 봐!"

아내가 식장에서 찍은 가족사진 한장을 건네며 첫손녀를 가리켰다.

"둘째 아주버님 노래하시는 거 좀 봐. 아주 흥이 나셨네."

아내가 건네주는 사진을 한장씩 보고 있노라니 얼마 지나지는 않았지만 순간으로 머물러 있는 시간의 표정들이 새삼스러웠다.

"나는 사실, 속으로 조마조마했어요. 바로 전날이 그날이었으니…… 당신은 중계방송만 열심히 보고 있데."

아내의 말을 듣고 보니 노 전 대통령 영결식 날은 물론 사진전을 관람하고 주차장의 땡볕에 갇힌 듯했던 지난 토요일 오후도 생각났다.

"나도 잠시 그런 생각이 들긴 했지…… 식장도 외곽인데다, 아니 그런 것에 관계없이 서로 다른 일이었는데 뭐."

해놓고 보니 끝말이 다소 모호하다 싶었다. 하객들은 물론이고 뒤에 인사를 나눈 사람들 중 누구도 아이의 결혼 날짜와 그 전날 일을 결부해 이야기한 적이 없었다는 기억이 그런 말을 하도록 한 것 같았다.

"그날도 그랬지만 이레 동안 참 대단했어요. 지금 정부도 깜짝 놀랐을 거야. 사십구재가 지나면 열기도 식고 다 끝나려나."

아내는 뒷말을 혼잣소리처럼 하면서 그가 아직 보지 못한 사진들까지 앨범에 넣으려 했다.

"왜, 보고 있는데!"

그는 목소리를 높였다. 짜증이 난 건 그 때문이 아니었다. 아내의 말에 신경이 쓰였던 것이다. 얼마든지 그냥 흘려들을 수 있는데도 아내의 말이 묘하게 그의 신경을 건드린 것은 사진전을 보며 생각했던 그 자신의 심사와 마주쳤기 때문인지도 몰랐다.

"그리고, 그게 왜 끝나. 그게 끝이 있는 일이겠어?"

아내가 놀란 눈으로 그를 바라보았다.

느닷없다는 걸 스스로 알면서도 그는 아내를 똑바로 바라보며 다음 말까지 하고 있었다.

"그 인파를 지지자들만 모였다는 식으로, 정치적인 거로만 여기는 사람들이 바보지."

아내는 사진을 흩뜨려놓은 채 아무 말 없이 자리에서 일어나더니 부엌으로 갔다.

아내가 당신 왜 흥분해요,라거나 그럼 그렇게 많이 모인 인파를 어떻게 해석해야 해요,라는 말을 하지 않은 게 다행이었다. 그로서는 수백수천의 얼굴들이 모여 있는 사진전을 보며 무슨 생각을 했다느니, 주차장의 햇빛과 개인의 절실함과 군중 등 그 자신조차 완벽하게 설득할 수 없을 것 같은 이야기를 하지 않아도 되었기 때문이었다. 거기다 또 흙탕물 속에서 유유히 헤엄치던 그 헛것은 어떻게 설명해야 한단 말인가. 그는 혼자 가만히 고개를 흔들었다.

그렇지만 냉수마찰 하는 사내, 폭우 속에서 수영을 하며 웃던 사내는 여전히 그에게 문제였다. 사진 속에 함께 모인 얼굴들과 달리 그 사내가 지극히 개인적인 영역, 딸아이의 결혼식과 수십만이 운집한 날이 서로 상관없듯이, 사적인 성격이라는 것만큼은 제대로 따질 수가 있었다. 자유랄까, 일탈을 의미하는 거라는 생각도 한 번씩 들긴 했지만 지극히 딱딱한 상식 같아 차라리 싱거웠다. 다만 그 둘이 서로 다르지 않고 하나로 통한다는 헤아림만큼은 그럴듯해 보이기는 했다.

한여름으로 접어들면서 그는 아침 등산길에 사내와 마주칠 수 있는 코스로는 더이상 다니지 않았다. 아침에 눈을 뜨고, 이런저런 잡념에 휘둘리기는 해도 사내의 모습은 보이지 않았다. 다만 폭우가 쏟아지던 날처럼 모습과 장소는 달리해서 한번씩 만날지도 모른다는 생각만큼은 자주 들었다. 그런 상념이 그렇게 불유쾌한 기분으로 다가오는 것은 아니라는 게 신기하다면 신기했다. 장마가, 국지성 호우가 며칠째 계속되고 있었다.

위
로

윤수가 대문 앞에 섰을 때 얘기 소리가 담을 넘어왔다.

"송해 마누라 팔자가 상팔자다. 그 나이에 남편이 돈을 안 벌어 오나, 집에서 삼시 세끼 밥을 묵나!"

"남한 천지 다 돌아다니면서 오만 노래 다 듣고 맛있는 거 다 묵을 테니 건강 좋겠다, 무슨 걱정이 있겠노."

"이 나이에 해 진다고 영감 밥해주러 가는 우리 팔자는 뭐꼬."

대문은 윤수가 먼저 열었다. 시멘트를 바른 좁은 마당에서 그는 모친의 친구분들과 마주쳤다. 눈인사를 나누고 그들은 밖으로 나갔다. 이웃에서 거창댁으로 불리는 그의 모친은 현관에 서 있었는데 염색한 머리에 어울리게 혈색이 좋았다.

"전화도 안하고 오나."

"누구라도 집에 계실 건데요, 뭐. 아버지는 나가셨나보네."

"좀 있으면 오실 기다. 밥때는 놓치는 법이 없다."

모자가 거실에 들어섰을 때 색깔이며 문양이 다 죽어버린 낡은 카펫 위에 앉은 헐거운 햇살이 지워지고 있었다. 윤수의 눈에는 펼쳐진 군용 담요부터 먼저 눈에 들어왔다. 거창댁이 화투를 쓸어 담고는 담요를 걷었다.

"에미는 어떻노?"

담요를 방에 들여놓고 나오면서 거창댁이 며느리의 안부를 물었다. 윤수의 처는 파킨슨병을 앓고 있었다. 기업체의 구내식당 일을 하던 아내가 한쪽 다리가 자주 저리고 쑤신다고 했을 때만 해도 신경통인 줄로만 알았다. 한참 뒤 손까지 떨고 보행이 어려워지고 나서 병원을 찾았을 때에는 이미 뇌신경도 많이 손상된 뒤였다. 완치가 어려운 노인성 질환이 예순도 안된 나이에 찾아왔기에 그의 절망은 더욱 컸다.

"애비 니가 고생이다."

아들이 머뭇거리며 할 말을 찾는 걸 기다리지 못하고 거창댁이 앞질렀다. 차도가 없으니 윤수로서는 할 말이 없기도 했다. 그는 눈에 띄게 쿠션이 내려앉은 소파에 앉았다. 언제부터 걸려 있는지 기억도 나지 않는 '家和萬事成'이라고 쓰인 족자와 묵은 때로 침침한 장과 그 위에 놓인 물건들이 한결같았다. 그의 부모는 오래된 집에서 오래 살고 있었다.

"애들은 잘 있나?"

모친이 주방으로 가며 말했다. 그는 사내 형제를 두고 있었다.

"그럼요."

이번에 그가 지체하지 않고 답한 건 주방에서 냉장고 문을 여닫는 데 신경이 쓰였기 때문이었다.

"저녁은 밖에서 사 먹읍시다, 모처럼 만인데."

그는 자기가 그럴려고 왔다고 덧붙일 뻔했다.

"추운데 뭘 밖에 나가노. 있는 반찬에 된장찌개나 끓여 먹으면 되지."

지난 추석을 병원에서 보낸 그는 몇달 만에 본가에 왔다. 아무리 병구완에 매인 몸이라 해도 격조한 게 마음에 걸려 모처럼 걸음을 한 것이었다. 앉아서 전화를 해도 그가 듣는 목소리는 언제나 모친이었다. 노인성 난청인 부친은 전화 목소리를 잘 듣지 못했다. 아내가 성했을 때에는 장을 봐와서 국이라도 끓여 저녁을 먹었었다. 밑반찬 몇가지를 넉넉하게 만들어두고 가는 것은 당연한 일이었는데 그때마다 모친은 이 나이까지 부엌에 서는 게 넌더리가 난다는 푸념을 늘어놓곤 했다. 남동생과 여동생이 타지에 사는데다 어쩌다 합가를 놓쳐버리고 큰며느리까지 몸져누운 형편에 그의 모친이 편히 앉아서 상을 받는 일은 이제 영 어려워졌다고 봐야 할 것이다.

"그래도 오늘은 밖에서 먹읍시다. 고기도 한번씩 자시고 그래야지요."

"니 아버지 식성이 얼마나 좋은 줄 아나. 고기든 생선이든 잡숫고 싶으면 미리 말씀하시니 그런 걱정 안해도 된다."

생활비도 내놓지 못하는 형편인 그로서는 모처럼 와서 나이 든 모친이 해주는 밥을 먹는다는 게 영 불편했다. 답답한 마음을 털려고 거실의 전깃불을 켰을 때 현관문이 열리고 부친이 들어왔다. 모자를 쓰고 툭진 잠바와 등산복 바지를 입었지만 자식 눈에는 드러난 목이 허술해 보였다.

"에미는 어짜고 왔노?"

아들을 본 김 영감의 얼굴이 환히 펴졌다.

"태경이가 있지요."

둘째는 군 복무를 마치고도 오년째 휴학과 복학을 거듭하며 대학을 다니고 있었다.

"아버지, 목도리를 하고 다니이소. 목이 따뜻해야 감기를 안하지요!"

그는 부친이 잘 알아듣게 목소리를 높였다.

"그래."

김 영감이 건성으로 고개만 끄덕이자 거창댁이 거들었다.

"그래도 감기는 잘 안하시는 편이다."

"하루 종일 나가 계실텐데……"

그의 눈에는 화투가 놓였던 담요가 아른거렸다.

"열시나 돼서 경로당 갔다가 복지관에서 점심 사 잡숫고 이때쯤 들어오는데 뭘."

김 영감은 아들과 마누라가 나누는 얘기에 참견도 않고 화장실로 들어갔다.

"경로당도 멀고, 어디 거기만 계시다 오실까요."

"새로 전철이 났으니 그것 타고 바람도 쏘이겠지."

영감의 일상에 익숙한 거창댁은 예사로웠지만 윤수는 다른 생각을 하고 있었다. 자식이 되어서 연로한 제 아버지가 하루를 어디서 어떻게 보내는지 모른다는 사실도 새삼스러웠지만, 당장 눈앞의 걱정은 부친이 건망증 증세를 조금씩 보이고 있다는 것이었다. 지금도 며느리 안부만 덜컥 묻고는 손자들 소식을 놓치고 있는 것도 건망증 때문이라고 그는 생각했다.

"아버지, 경로증은 늘 갖고 다니시지요? 전에 집 전화하고 제 핸드폰 번호도 따로 적어드렸잖아요."

거실로 다시 나온 김 영감은 아들의 말에 그저 고개만 끄덕였다. 김 영감은 언제부터인가 말수가 준데다 말을 해도 몸통에 해당하는 낱말만 내세우면서 길이가 짧아지고 있었다. 윤수는 부친이 잠바의 지퍼를 내리는 걸 보고는 "선 김에 식사하러 갑시다" 하고 다시 외식 이야기를 꺼냈다. 옷을 벗다 말고 김 영감은 무슨 소린가 하는 표정으로 서 있고, 거창댁은 "꼭 그렇다면 아버지나 모시고 가거라. 이 시간에 옷 챙겨 입는 것도 귀찮다" 하며 텔레비전을 켜고 소파에 주저앉았다.

윤수는 자기주장이 강한 모친이 못마땅할 때가 많았다. 물론 그런 성미 때문에 모자간에 척질 일까지야 없다 해도, 경제적 여유가 없어 제대로 장남 노릇을 못하는 데서 오는 자격지심이 윤수 스스로 서운한 마음을 키우고 있었는지도 모른다.

"오랜만에 왔으니 맛있는 거나 사드려라. 삼계탕 소리도 하시던데 집에서 제대로 하기가 쉽나."

마누라의 말을 듣고서야 저녁밥을 두고 오가는 얘기라는 걸 알아차린 김 영감이 지퍼를 다시 올렸다. 그러고는 "저놈의 고집!" 하며 한 소리 내던지고는 먼저 현관으로 내려섰다.

초겨울 어슬녘에 내리는 어둠은 도둑고양이 걸음처럼 빨랐다. 인적이 드문 골목에는 보안등이 환했다. 아버지와 아들은 흔들리는 제 그림자를 끌며 말없이 걸음을 옮겼다. 인기척에 어느 집에서 개가 짖었다. 갇혀서 하루하루를 답답하게 보내는 윤수로서는 아파트에서 흔히 듣는 앓듯이 깽깽거리는 소리 대신 찬바람 도는 어둠을 가르며 목청껏 짖어대는 소리가 반가웠다. 그들 가족이 시골서 나와 처음 발붙일 때 동네는 변두리 중에서도 변두리였지만 작년 들어 전철이 지나가면서 집값이 올랐다는 소리도 있었다. 가까운 부도심까지 버스로 한시간이나 걸리던 게 이십분으로 단축되었으니 큰 변화였다. 그러나 전철이 개통되고도 윤수는 종전대로 버스를 타고 다녔다. 그가 사는 동네에서는 시간이 더 걸리더라도 버스는 한번만 갈아타면 되지만 전철은 세번이나 환승을 해야 했다. 평소에도 그는 버스를 타고 다니는 편이었는데 일 없이 전철에 타고 앉은 노인네들이 그의 눈에는 불편하기 짝이 없었다. 당장 그의 부친부터 그런 사람들 중의 하나일 테고, 언젠가는 자신도 예외일 수 없으리라는 겁급한 마음 때문이었다. 함부로 할 소리는 아니겠지만, 평균 수명이 점점 늘어나는 걸 두고 무턱대고 좋다고 할 수 있는지, 요즘 들어 그는 자신이 없었다. 솔직히 말해 그는 지쳐가고 있었다.

그러다가 윤수는 생각을 다잡았다. 그 자신은 지금 저녁을 사드린다고 고집을 피워 부친을 모시고 나온 길이었다.

"아버지!"

이야기를 꺼낼 때 부친의 주의부터 끄는 건 버릇이 되어 있었다. 그는 새로 놓인 전철을 타고 김해 김씨 시조인 수로왕릉에 가보셨느냐고, 조금이나마 한가로운 얘기를 붙이려고 입을 열었지만 부친이 걸음을 늦추는 걸 보고는 "어디 불편하신 데는 없어요?"라고 바꾸어 묻고 말았다.

"다 괜찮다."

그러면서 부친이 그를 바라보았다.

"니도 나이가 있으이 건강 조심해라."

아들은 무춤하면서 서고 말았다. 옆으로 누운 자신의 그림자를 내려다보면서 그는 끊었던 담배를 다시 피운다는 말을 털어놓고도 싶었다. 그는 외투 호주머니에서 잡히는 담뱃갑을 우그러뜨렸다.

아버지와 아들은 자동차 불빛들이 꼬리를 물며 달려가는 큰길로 나왔다. 모친이 일러준 삼계탕집은 길 건너편에 있었고 육교를 건너야 했다. 육교 다릿발 옆 건물 일층은 조명을 넣은 간판이 입구를 두르고 있는 은행이었다. 열려 있는 자동화 코너는 대낮같이 밝았다. 육교에는 엘리베이터가 새로 설치되어 있었다. 익숙한 듯 부친이 먼저 오름 단추를 눌렀다.

"많이 좋아졌다."

노약자들을 위한 편의시설들이 늘어나고 있다는 뜻이었다.

"네, 그러게요."

웅 하는 소리와 동시에 엘리베이터가 작동했다. 커다란 유리상자 속에 든 엘리베이터는 기차바퀴보다도 커 보이는 도르래와 거기에 감긴 쇠줄, 그리고 노란색 페인트가 칠해진 네모난 추까지 훤히 다 드러나 보였다.

"야, 이 개새끼야!"

앙칼진 여자 목소리가 들렸다. 은행 건물에서 나온 여자가 잰걸음을 놓으며 전화를 하고 있었다.

"내가 니놈 돈 떼먹고 도망을 가나 어쩌노! 뭐? 누가 먼저 욕을 했는데? 이 ××새끼가 정말!"

내려앉은 엘리베이터에서 고등학생 둘이 나오고 김 영감과 윤수가 탄 뒤 뒤따라 여자가 들어섰다. 두사람은 안으로 물러서고 여자가 연방 욕설을 퍼부으며 닫힘 버튼을 신경질적으로 눌러댔다. 체구가 작은 여자는 모자를 쓰고 마스크로 얼굴을 반 이상이나 가리고 있었다. 엘리베이터가 올라가는 동안에도 여자의 욕설은 그치지 않았다. 윤수는 당장 핸드폰을 빼앗아 내동댕이치거나 마스크를 확 벗겨버리고 싶었다. 그는 발에 힘을 주고 버티며 유리 밖으로 시선을 돌렸다. 문은 반대편에서 열렸다. 그는 부친의 소맷자락을 당겨 여자가 앞서 가게 했다. 달려가는 자동차들의 불빛이 어지러웠고 발밑이 흔들렸다.

"사람들이 화가 많이 났다."

여자를 바라보며 김 영감이 말했다.

"네?"

"아무데서나 욕하고 고함친다 말이다."

"네에…… 은행."

윤수는 그때 은행 건물을 바라보고 서 있었지만 자신이 왜 은행이란 말을 꺼냈는지 알 수가 없었다. 그 여자가 은행에서 나왔다는 말을 하려고 한 건 아닐 것이었다. 그때까지도 부친의 옷을 잡고 있다는 걸 깨닫고 그는 슬그머니 손을 놓았다. 그들은 여자가 건너편 엘리베이터를 타고 내려가는 걸 보고서야 그쪽으로 걷기 시작했다.

"요양병원 말이다."

김 영감이 말했다.

"네?"

윤수는 한번씩 뜬금없이 내던지는 부친의 말을 긴장해서 듣지 않을 수 없었다. 그는 주위부터 둘러보며 "요양병원요?" 하고 되물었다. 그러고 보니 가고 있는 방향으로 병원들이 몰려 있는 건물이 빤히 보였다. 내과, 정형외과, 이비인후과, 피부과. 간판마다 불이 훤했다.

"거기 보내지 말아도. 내가 가기 싫다고 할 때에는 정신이 있는 거니까."

윤수는 잠시 멍한 채 그냥 눈에 들어오는 네온사인이나 간판들을 읽고만 있었다. 각종 학원들과 찜질방과 호프집, 조금 높은 건물 옥상에 설치된 대형 통신사 광고, 그리고 멀리 네온으로 빛나는 교회 십자가가 보였다. 부친의 눈에는 하필 병원 간판만 크게 들어왔을까. 순간적으로 떠오른 생각이든 미리 준비해둔 말이든, 아들은 당황스러워 "무슨 그런 말씀을 하세요!"라고 목소리를 높이고 말았다. 부친은 아무 대꾸도 없이 이번에도 먼저 버튼을 눌렀다. 늙은 부친은 자기 할 말만 하고는 입을 다물고 아들은 속 넓게 제 아버지를 위로하지 못하고 유리 속의 쇳상자에 다시 갇혔다.

식당에 들어서서는 더욱 말이 없어졌다. 종업원을 부르고 주문을 따로 할 필요도 없이 메뉴는 삼계탕 하나뿐이었다. 아들은 반코트를 벗어 의자 등받이에 걸쳐놓았지만 아버지는 모자와 잠바를 벗지 않았다. 벽에 걸린 몇개의 회전식 전기히터에서 내뿜는 열기로 실내는 더웠지만 아들은 아무 말도 하지 않았다. 요양병원이란 말을 듣자 누워 있는 처가 그의 머릿속을 떠나지 않았다. 종업원이 와서 찬과 빈 그릇들을 내려놓았다. 상 가운데 배추 겉절이와 무 초절임, 고추와 마늘, 막장이 먼저 놓였다. 국자가 담긴 빈 그릇 두개도 제자리에 놓이고 인삼주를 담은 호리병과 자그마한 사기잔도 놓였다.

"뜨거우니 조심하세요."

잠시 뒤 여자 종업원이 펄펄 끓는 뚝배기 두개를 하나씩 내려놓았다. 부글부글 끓는 국물 위로 하얀 거품이 넘치듯 솟구쳤다. 바로 숟가락을 드는 부친을 보고 아들은 "아버지, 뜨거우니 천천히 드이소"라고 말했다. 목소리가 컸던지 옆자리 손님들이 시선을 돌렸다. 아들은 빈 그릇에 담긴 국자를 높이 들어 보였다. 절 따라 하이소, 아들은 목구멍까지 넘어오는 말을 삼켰다. 그제야 부친도 숟가락을 내려놓고 국자로 큼직한 가슴살 한토막을 빈 그릇으로 옮겨 담았다. 아들은 부친의 손놀림을 지켜보다 호리병을 들었다.

"인삼주도 한잔 하시고 천천히 잡수이소."

부친은 고개도 들지 않고 먹는 데에만 열중했다. 아들은 국물부터 한술 뜨고는 술을 마셨다. 그가 고추를 베어 물고 두번째 잔을 들 때 부친은 다리 살을 발라 먹고 있었다. 그 모습을 바라보다 아들은 화들짝 놀랐다. 아무리 아버지가 들먹인 요양병원 때문에 기분이 상했다 하더라도 시장한 부친의 식욕을 살피듯 지켜보고 앉았다니. 자신의 소갈머리가 부끄러워 그는 김 나는 뚝배기에 고개를 숙이고 허겁지겁 먹기 시작했다.

두사람은 왔던 길을 되돌아가기 시작했다. 되돌아가는 길은 언제나 빠르다. 아버지가 아들에게 "니가 탄 비행기가 첫번째였나, 두번째였나?"라는 말을 건네기 전까지는 그랬다. 골목으로 접어드는 길 모퉁이에서였다.

"네?"

"김현희 말이다."

김 영감은 KAL기 폭파사건을 이야기하고 있었다.

"아, 예. 그때 두번째 비행기였다 아입니까. 갑자기 그때 생각은 와 예?"

"그래, 두번째였구나."

윤수가 부친 곁으로 다가섰지만 김 영감은 그 말뿐 그냥 걷기만 했다. 윤수는 맥이 빠졌다. 그러고 보니 식사를 하러 나와서 지금껏 부친이 했던 말을 되짚어보니 당신 할 말만 한 것 같았다. 나이만큼 지혜가 는다면 부친은 세상 이치에 대해 답을 하고도 남을 연세였다. 집에서 며느리의 안부를 물은 뒤로 질문은 처음이었는데, 그것도 왜 이십년도 한참 더 지난 일을 갑자기 꺼내는지 앞뒤 설명도 없었다. 비행기 폭파사건이 알려진 뒤 공사 현장의 바라끄 휴게실에 모여서 순서가 되면 짧게 무사하다는 안부 전화를 하던 장면도, 아버지에게 치매가 오고 있는 것은 아닌지 하는 걱정 앞에 스러져버렸다.

그의 기억으로는 근자에 김현희라는 이름이 방송이나 신문에 난 일은 없는 듯했다. 결국 집으로 들어서는 골목에서 그 말을 꺼낸 걸 염두에 둔다면 부친은 살고 있는 집 이야기를 하려던 것이었다. 지금 집은 전세로만 살던 그들 가족이 처음으로 구입한 것이었는데 윤수 자신이 중동에서 번 돈이 큰 보탬이 됐다. 그렇다고 부친이 지금 집을 두고 무슨 할 말이 있어 꺼냈다고 보기는 어려웠다. 그저 자식을 옆에 두고 걷다보니 오래 살고 있는 동네와 집이 문득 생각난 게 아닐까 짐작할 수밖에 없었다.

어쨌거나 아들은 우선 아버지의 기억을 이어주고 싶었다.

"아버지, 그때가 대통령 선거 직전이라 말이 많았지 않았습니까. 김영삼이 하고 김대중이가 서로 양보를 안해 노태우가 어부지리로 당선됐고요."

"와 아이라. 노태우가 보통사람 내세워 당선된 그해 아이가."

부친은 고개까지 끄덕였다. 윤수는 아버지가 그나마 앞뒤 기억을 맞춘다 싶어 조금 마음이 편해지기는 했다. 그러면서 은행에서 나와 엘리베이터 안에서까지 욕설을 해대던 여자의 모습 위로 어떤 여배우의 얼굴이 겹쳐 떠올랐다. 아주 오래전에 보았던 은행 광고사진이었다. 이름은 잊어도 커트 머리를 한 그 신인 배우가 다소곳이 통장을 가슴에 안고 있는 장면만큼은 선명했다. 그 당시 자기 또래에게 그녀가 막연한 동경의 대상이었다면, 그의 부친 같은 서민들에게 소박한 모습의 그녀가 가슴에 품고 있는 통장은 열심히 땀 흘려 적금을 부으면 희망찬 내일이 보장된다는 믿음을 갖게 했을 것이었다. 육교 위에서 부친이 "사람들이 화가 많이 났다"라고 했을 때 그가 무심코 은행이란 말을 꺼낸 것은, 돈 때문에 거친 말을 함부로 내뱉던 여자가 은행에서 나오는 걸 목격했기 때문이었다. 그는 깊은 한숨을 내쉬었다. 이제는 모두가, 당장 그 자신부터 몇백만원 카드대출부터 몇천만원 담보대출까지 은행에 빚을 지고 살고 있었다.

집에 들어서자 뜻밖에도 창원공단에서 일하는 윤수의 아들 내외가 와 있었다. 윤수는 그제야 오늘이 토요일이라는 게 제대로 실감

났다.

"집에 전화했더니 이리 오셨다길래, 할아버지도 오랜만에 뵙고 아버지 모셔 가려구요."

아들이 일어나 인사했다. 바닥에는 장난감이 어질러져 있었다. 제 엄마와 공을 굴리고 놀던 손녀가 멀뚱히 두사람을 쳐다보다 제 엄마에게 다가갔다. "할아버지, 할아버지"라고 며느리가 말해도 아이는 제 엄마 품만 파고들었다. 그런 모습을 보는 김 영감의 얼굴에는 기쁨이 넘쳤다. 윤수도 오랜만에 보는 손녀였으니 증조부인 김 영감으로서는 입이 벌어질 만도 했다. 거창댁은 통화 중이었다.

"사업 하는 사람이 술 마시고 늦게 들어올 때도 있지 우째 월급쟁이들처럼 퇴근시간 맞추겠노. 니가 더 알겠지만 송 서방이 무슨 돈이 있고 배짱이 있어 딴눈 팔 거고…… 그래, 그래. 니 말이 틀렸다는 게 아니고 이치가 그렇다는 말 아니가."

거창댁은 서울 사는 딸의 전화를 받고 있었다. 의부증 증세를 보이는 딸은 전화기를 들었다 하면 삼십분은 예사였다. 잠시 뒤 거창댁은 옆에 앉은 아들이 자기에게 전화를 넘기라는 말을 미처 해볼 사이도 없이 전화기를 내려놓았다.

"다른 일은 없고요?"

윤수가 동생 안부를 묻자 거창댁은 "그렇지. 지 혼자 저리 야단이지 그 집에 다른 걱정이야 있나" 하고 넘겼다.

그동안 낯이 익었는지 아이는 다시 저 혼자 놀고 있었다. 어른들은 별다른 대화도 없이 모두가 갓 돌 지난 아이에게 시선을 모았다. 집에 들어섰을 때부터 증손녀에게서 눈을 떼지 못하고 있던 김 영감이 그동안 참을 만큼 참았다는 듯 손바닥을 부딪쳐 아이의 주의를 끌었다.

"우리 공주님, 할아버지한테도 한번 와봐!"

자동차를 밀고 다니던 아이가 어쩔까 하며 고개를 제 엄마에게 돌렸다.

윤수의 아들이 얼른 "왕할아버지께 인사해봐. 우리 미나, 안녕하세요, 하고 인사 잘하지?" 하고 제 고개까지 까닥여가며 나섰지만 아이의 표정은 굳어만 갔다.

"잘 노는 아, 울릴라 카나."

거창댁이 나섰다.

"그 모자하고 잠바나 빨리 벗으소! 어린 아 눈에 뭐로 보이겠노."

"많이 컸다, 많이 컸어."

김 영감은 마누라의 타박은 들은 척도 않고 혼잣소리를 하면서 방으로 갔다.

수선스러운 분위기 때문인지 아이가 다시 제 엄마에게 안겼다. 피부가 까무잡잡하고 오목조목한 아이의 얼굴은 제 엄마를 닮아 보였다. 그런 생각을 하면서 아이를 바라보니 거창댁의 마음이 불편했다.

그때 김 영감이 거실로 나오며 소리쳤다.

"우리 공주님, 산타 할아버지 왔다!"

그의 머리 위에는 아이 손바닥만한 빨간 고깔모자가 얹혀 있고 손에는 산타 인형이 들려 있었다. 하얀 옷을 입고 초록색 목도리까지 두른 인형의 등에 달린 태엽을 감자 멜로디가 흘러나왔다. 흰 눈 사이로 썰매를 타고, 하는 노래였다. 인형을 본 아이가 머뭇거리며 김 영감에게 다가가자 그는 병아리 채는 독수리 같이 아이를 번쩍 안아 올렸다. 그는 아이에게 인형을 건네고 고깔모자까지 씌웠다. 윤수 아들이 박수를 치고, 며느리에 뒤이어 윤수까지 박수를 쳤다.

"저 영감이 크리스마스가 언제라고 벌써…… 저런 건 또 어디서 보고 샀을꼬."

거창댁이 영감 하는 짓이 민망스럽기도 해서 쏘기는 했지만 목소리는 부드러웠다. 그녀는 손부에게 눈길을 돌렸다.

"아가, 니 혼자 미나 키우기 힘들제. 요새 젊은 엄마들은 하나 두고도 쩔쩔맨다니까, 쯧."

거창댁으로서는 손부가 생활도 서툰데다 며느리까지 시어머니 노릇을 제대로 못한다는 생각으로 말을 붙였지만 끝에 가서는 혀를 차고 말았다.

"아니에요, 할머니. 미나가 순해요."

손부가 웃으며 거창댁을 보고 말했다. 이목구비도 반듯하고 귀염성이 넘치는 얼굴이었지만 거창댁에게 손부는 어쩔 수 없는 외국인이었다. 아들이 손자 혼삿말을 꺼내며 며느리 될 아가씨가 베트남 출신이라고 했을 때 그녀는 "무슨 소리고? 무조건 안된다고 해야지!"라고 고함부터 쳤었다. 학교에서 어학연수를 가서 사귀게 그렇게 되었다는 설명 따위는 그녀의 귀에 들어올 리도 없었다.

거창댁의 머릿속에는 당장, 한국에 시집 와서 사는 온갖 피부색의 여자들이 혀 짧은 소리로 제 사연을 얘기하는 텔레비전 프로만이 떠오를 뿐이었다. 그녀에게는 특히 동남아 여자들과 산다는 것은 형편이 딱하기 짝이 없는 경우라는 인식이 일찌감치 박혀 있었다. 그러나 아들 말마따나 사는 건 젊은 저희들이고 제 애비가 나서서 말리지 못한 걸 자기가 나선다고 될 일도 아니었지만, 섭섭한 마음은 쉬 풀리지 않았다. "이번엔 왕할머니한테 가서 해주세요, 해봐."

거창댁의 귀에 손자의 말이 들어왔다. 아이가 제 아버지에게 산타 인형을 내밀며 태엽을 감아달라고 하고 있었다.

"그래봐."

손부까지 미리 뒤로 물러앉으며 거들었다. 손부는 아예 두 팔까지 허리 뒤로 감추고 아이와 거창댁에게 번갈아 눈길을 두었다. 말귀를 알아들었는지 아이가 그녀에게 눈길을 맞추었다. 거창댁은 엉덩이를 앞으로 당기며 두 손을 펼쳐 보였다. 아이가 조심스레 그녀에게 다가와 인형을 내밀었다. 아이의 몸에서 비릿한 젖내가 느껴지는 순간 거창댁은 자신도 모르게 아이를 덥석 안아 올렸다. 안긴 아이는 몸을 빼려다 말고 그녀의 목을 더듬었다. 앞으로 흘러내린 목걸이를 잡으려는 것이었다.

"아이구, 니도 계집애라고 패물 좋은 거는 알아!"

거창댁은 아이를 붙잡고 까불었다. 그때 목걸이 줄이 끊어지고 아이가 뭐라고 옹알거리며 흘러내린 목걸이를 그녀에게 내밀었다. 아이의 반짝이는 새카만 눈이 자신의 눈과 마주쳤다. 그녀는 얼음이 살짝 가슴에 닿는 떨림을 느끼며 "아이구, 할미 거라고 내한테 주나" 하고 마음을 진정시켰다.

그동안 말없이 소파에 등을 기댄 채 가족들을 바라보던 윤수는 참으로 오랜만에 마음이 따뜻해지고 있음을 느꼈다. 지금 이 순간 잠시나마 누가 누구를 즐겁게 했든 간에 그 자신은 위로받은 기분이었다.

그 기분은 얼마 뒤 소파 밑까지 뒤져 어질러진 장난감을 자기 손으로 바구니에 담는 동안에도 이어졌으며, 밖으로 나와 아들이 주차장에서 차를 빼올 때까지 찬바람을 맞으며 며느리와 골목 모퉁이에 서 있을 때에도, 제 어미 등에 업힌 손녀가 내미는 산타 인형의 태엽을 감으면서도 여전했다. 모두들 어렵고 힘들어서 화를 내며 사는 세상이라 해도 서로 비비고 기댈 언덕만큼은 있어야 하는 게 아닌가도 싶었다. 한겨울, 시골서 십리 길 국민학교를 오갈 때 칼바람을 피하던 볕바른 논두렁이 어제 본 것처럼 선하게 잡혀왔다.

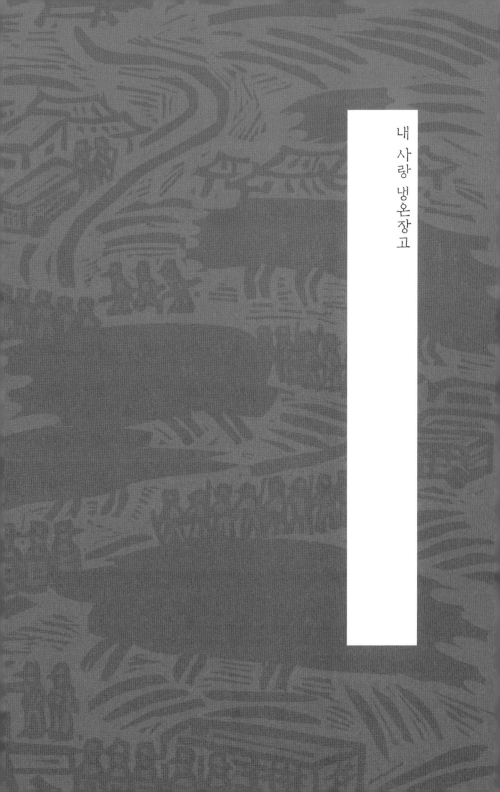

내
사
랑

냉
온
장
고

언제부터인가 303호 송희 할머니 이야기가 다시 나오기 시작했다. 입에 처음 오르내린 지 서너달쯤 지나서였다. 송희 할머니가 그때 주목을 받은 것은 동서가 요양원 바로 옆의 요양병원에 들어왔기 때문이었다. 친동서 간에 맏동서라 했다.

이번에 그녀 이야기가 나온 것은 냉온장고와 라디오 구입 때문이었다. 요양원에서는 간단한 개인 용품을 둘 수 있기에 물건을 샀다는 게 문제 될 리는 없었다. 말이 나온 건 그런 것 없이도 잘 지내온 사람이 왜 지금 와서 냉온장고를 머리맡에 두고 하루 종일 라디오를 끼고 누웠느냐는 것이었다. 이 모든 게 여지껏 동서를 찾아가지 않은 데서 비롯된 일이었다.

그녀가 처음부터 동서의 입원을 불편해하기는 했다.

"숙모님, 여기 정말 괜찮네요."

동서가 입원하기 보름 전쯤 조카 둘이 면회를 왔다. 큰집 장조카와 막내조카였다. 그녀의 보호자인 막내조카는 송희 애비로 양아들이기도 했다. 장조카는 아주 오랜만이라 반가운 마음이었는데 첫마디가 그 소리였다. 다음 말이 더 엉뚱했다.

"어머니도 여기 모셔야겠어요."

"누구?"

그녀는 깜짝 놀랐다.

"어머님 말입니다."

생각지 못했던 일을 조카가 말하고 있었다.

"어머니를 와 여기 모시노?"

"편찮으시니까 병원에 모셔야죠."

"병원 말이가?"

"네."

장조카가 괜찮다고 했던 '여기'는 그녀가 있는 요양원이 아니라 제 모친을 입원시킬 요양병원이었다. 어쨌든 다행이었다. 마음을 다소 가라앉힌 그녀가 동서 소식을 제대로 물었다.

"와, 어디가 편찮은데?"

그녀가 요양원에 들어온 뒤로 동서 안부를 물어본 횟수는 송희 애비의 면회만큼 뜸했다. 그동안 몇달이나 소식을 모르고 있었다는 생각이 새삼스러웠다. 송희 애비가 언제 면회를 왔었는지를 헤아리고 있는데 큰조카가 답했다.

"나이 드시면 이래저래 다 탈이지요. 어떨 땐 정신도 좀 없으시고."

큰조카는 뒷말도 별로 낮추지 않았다.

"아이고 우짜노."

그녀는 걱정과 탄식을 내뱉었다. 그쯤에서 방에 머물고 있던 다른 사람들도 귀를 모았다.

"동서 이야긴가보네."

쫀득이라 불리는 1번 베드가 끼어들었다. 송희 할머니가 그녀를 흘기듯 살짝 바라보고 나서 "나가자" 하면서 지팡이를 잡았다.

"휴게실이 낫다. 그리 가자."

복도로 나와서 그녀가 혼잣소리를 했다.

"할마이들 있는 방이 뭐가 좋노. 늙은이 냄새만 나지."

하지만 정작 그녀가 자리를 털고 나온 것은 말 나는 게 싫어서였다. 삼시 세끼 밥 말고도 말로 먹고사는 게 이곳이었다. 한마디 들으면 열마디를 옮기는 늙은이들이었다.

"숙모님은 대단하시네, 걸음도 여전히 빠르시고. 어디 안 좋으신 데는 없나요?"

큰조카가 그녀 옆에서 보폭을 맞추며 한마디 했다. 허리가 많이 굽은데다 다리를 절룩이면서도 발걸음만은 바빴다. 그냥 몸에 붙은 오랜 습관이었다.

"성한 데가 어디 있겠노."

그녀가 대답과 동시에 걸음을 눈에 띄게 늦추었다.

"아픈 거 표시 낸다고 아픈 기 안 아프나. 근데."

그녀가 목소리를 조금 낮추었다.

"여가 뭐 좋다고 이리로 모시노. 제대로 된 큰 병원에 모시야지."

"제가 말씀을 안 드렸었나요? 대학병원에도 계시고 여기저기 다른 병원에도 계셨어요."

송희 애비가 말했다. 결국 오랜 기간 입·퇴원을 거듭하다 결국 요양병원으로 결정했다는 소리였다. 듣다보니 송희 애비가 아주 오랫동안 자기를 찾지 않았다는 말을 스스로 하고 있는 꼴이었지만 그런 것에 서운한 마음을 가질 계제는 아니었다.

"요새 새로 짓는 병원 중에 좋은 데가 많을 긴데⋯⋯"

휴게실 빈 자리에 앉으며 그녀가 첫마디를 내놓았다. 듣기에 따라서는 목소리가 은근하면서도 간절했다.

"그게 그겁니다. 시내에도 새로 생긴 병원이 여럿 있지만 거기가 어디 모실 뎁니까. 공기 좋고 조용한 이런 데가 훨씬 낫죠. 두분이 서로 위안도 되고, 모르는 사람들 속에 계속 있는 거보다는 작은어머니를 자주 보시면 어머니도 좋아질 수 있겠지요. 같이 계셔야 저희들도 찾아오기 쉽고."

그녀의 안색이 좋아 보이지 않은 것은 장조카가 자랄 때부터 말이 반지르르했다는 기억 때문만은 아니었다. 자기가 지금 무슨 말을 해도 달라질 게 없다는 걸 알기 때문인지도 몰랐다.

조카들은 휴게실에서 금방 일어났지만 그녀는 의자에 파묻혔다. 쫀득이가 캐물을 것도 귀찮았지만 당장 방에 올라갈 기운이 다 빠진 듯했다. 처음에는 동서가 오게 될 곳이 자기가 있는 요양원이 아니라 다행이다 싶었지만 그건 아주 잠깐 동안의 짧은 생각이었다. 휴게실로 오기 위해 복도로 나왔을 때부터 왠지 가슴이 답답해져왔다. 유리창 너머로 병원이 빤히 보였다. 마당과 주차장 바로 건너편이었다. 자기가 자주 얼굴을 보이면 제 모친의 병세가 좋아질 거라던 장조카의 목소리가 다시 들리는 듯했다. 그녀의 생각은 다소 멀리, 여기에 처음 입소했을 때로 건너갔다.

그녀에게 맏동서를 보지 않아도 된다는 사실은 송희 애비 집을 떠나 요양원에 들어왔음을 실감 나게 하는 여러 변화 중의 하나였다. 그런데 막상 이렇게 동서가 코앞의 건물에 들어온다는 애기를 듣고 보니 그것이 어떤 실감보다 제대로 된 실감이라는 생각이 번쩍 들었다. 그러니까 동서 얼굴을 안 보고 지낸 몇년이 더 없이 마음 편했다는 소리였다.

다음 날 아침에 당장 변비가 생기더니 밤에는 오랜만에 꿈까지 꾸었다. 자기 혼자 부엌을 오가고 밭을 매는 싱거운 꿈이었다. 하지만 아침에 일어나 헷갈리거나 끊긴 데도 없는 꿈을 되새기는 그녀의 표정은 밝지 못했다.

나이가 든다고 반드시 집중력이 떨어지는 것은 아닌지 그녀는 계속 동서 생각에 매달렸다. 그리고 이틀 뒤 202호에 새로 왔다는 사람을 찾아갔다. 얼굴색이 노리끼리한데다 말라깽이였다. 그녀는 음료수 자판기에서 차가운 식혜를 택했다.

"이기 속이 시원하데요."

"이리로 옮겨올 때 수속은 어떻게 했소?"

송희 할머니는 다짜고짜 그렇게 물었다.

"와, 옮길라고요?"

상대방의 목소리가 크다 싶어 송희 할머니는 주위를 살폈다.

"뭐가 어려울까이. 판정받은 대로 정부서 돈 나오고 나머지는 내 돈 내는데 누가 뭐라 카겠소."

"무엇부터 하몬 돼요? 수속 말이요."

"그거야 자식이 하몬 되지."

"본인이 뭐라도 했을 거 아이요."

"도장도 하나 안 찍은 거 같은데."

자식이 수속을 밟았다는 소리야 당연히 예측한 것이지만 도장도 자기 손으로 찍지 않았다는 데는 할 말이 없었다.

"보호자가 아들이 아이요? 그래도 며느리든 손자든 누군가는 되어 있을 거 아이요?"

양아들 소리가 나오려다 송희 할머니는 입을 다물었다. 그녀가 송희 애비라고 부르는 막내조카가 양자 노릇을 한다지만 호적상으로는 아무 관계도 아니었다. 생산을 하지 못한 상태에서 남편이 일찍 죽고 청상이 과부 할매가 되기까지 살아온 것이다. 막내조카가 어려서부터 양자로 지목을 받기는 했지만 상관없이 지내다 혼인을 하고 맞벌이를 하면서부터 같이 살게 되었다. 아이들 양육하고 살림 살아줄 사람이 필요했던 것이다. 그런 속을 털어놓을 수 없으니 이야기는 거기서 막혔다. 말라깽이는 빈 깡통을 한번 흔들고는 하품을 했다.

혼자 남은 송희 할머니는 자신을 탓했다. 가슴이라도 쿵쿵 쥐어박고 싶은 심정이었다. 망령이 났지, 망령이. 동서가 건너편에 온다는 말을 듣고부터 변비가 시작되면서 생활이 흐트러지고 속이 답답했다. 그러다 달려든 생각이 요양원을 옮겨버리면 될 게 아닌가 하는 것이었다. 무슨 소리냐고 놀라는 조카들의 얼굴이 당장 눈을 덮고, 스스로도 큰일 날 생각이라고 하면서도 몸이 앞서가는 것이었다. 마흔부터 무릎 관절이 좋지 않아 고양이를 달여 먹었다는 쫀득이가 용수철이 달렸느냐고 놀리는 자신의 빠른 걸음이 문제인지도 모른다.

며칠 동안 그녀는 아주 풀이 죽어 지냈다. 말라깽이를 만난 데 대한 후회도 후회이지만 그보다는 자기 마음대로 무엇 하나 할 수 없다는 사실을 알았기 때문이었다. 이 세상에 혼자가 아니기에 친동서가 있고 조카가 있다는, 새삼스러울 것도 없는 생각을 하면서도 어딘가 마뜩잖았다.

동서가 오면 오는 대로 하자고 마음을 편히 먹고 지내던 어느날 송희 애비가 방에 들어섰다.

"어머님을 모셔왔습니다. 509홉니다."

병원에 입원수속을 마치고 들렀다는 소리였다. 아침밥을 조금 뜨고는 침대에 몸을 누이고 있을 때였다.

"그랬나."

등을 밀어서라도 앉고 싶었지만 왠지 몸이 말을 듣지 않았다. 거기다 다음 말도 떠오르지 않았다.

"그래……"

"형님하고 같이 왔어요."

송희 애비가 말했다.

"그래, 니 형하고 같이 왔나."

"네. 바쁜 일이 있다면서 밑에서 기다리는데, 저도 이만 가볼게요."

송희 애비는 "여기 적어왔습니다" 하며 호주머니에서 종이를 꺼내 탁자 위에 놓았다. 송희 애비가 문밖으로 사라지자 막혔던 여러 말들이 머릿속에 떠올랐다. 아침 일찍 서둘렀네, 날씨가 차제, 몇인실이고. 그녀는 고개를 돌려 송희 애비가 놓고 간 쪽지를 흘깃 내려다보고는 외면했다.

점심으로 좋아하는 카레라이스가 나왔지만 입맛이 없었다. 입맛이 없을 뿐 아니라 다음 날에는 기운이 다 빠진 사람처럼 하루 종일 침대에 누워 지냈다. 다음 날도 마찬가지였다. 잡념보다도 요양원에 들어오기 전후의 시간이 절로 헤아려졌다.

요양원에는 그녀가 백 프로 원해서 들어왔다. 돌 지나서부터 키운 송희가 고3이 되던 해에 조카며느리는 장사를 접었다. 대학시험을 앞두고 있어서이기도 했지만 아동복 대리점이 시들해진 것도 이유였다. 집에 들어앉았으니 살림은 당연히 조카며느리 몫이 되었다. 처음에는 거든다고 거드는 게 간섭이 되었다. 가만히 앉아 있지 못하고 일을 찾는 데 익숙한 몸이었다. 조카까지 나서서 이제는 그냥 가만히 쉬시라는 소리를 여러번 했다.

밥을 앉아서 받아먹는 게 점점 불편해져갔다. 사귐성이 부족한데다 뒤늦게 출입을 시작한 경로당에서 시간을 보내는 것도 고역이었다.

그러던 어느날 경로당에 자주 나오던 이웃 하나가 다음 주부터 못 나오게 되었다면서 눈물을 훔쳤다. 보건소인지 무슨 공단에서인지 사람이 나올 때 며느리가 미리 시킨 대로 칫솔도 못 찾고 제대로 걷지도 못하는 시늉을 했더니 요양원으로 가게 되었다는 것이다. 막연하게 듣고 넘기던 이야기가 구체적으로 다가온 것이다. 시골집은 조카네로 옮기고 나서 곧 처분했기에 그대로 눌러살지 않으면 다른 수가 없었다.

나이 들면 자주 아프고 자주 아프다보면 병원신세를 져야 했다. 잔병에도 긴병에도 효자 없다는 데 조카에게 무슨 기대를 할 것인가. 그녀는 참으로 많은 생각을 했다. 어쩌면 자신의 생애에서 가장 오래 자기 문제를 따져보았는지도 모른다. 오만가지 상념 중에 가장 뚜렷하게 가슴에 박힌 것은 혼자 지내고 싶다는 것이었다. 어쩌면 남편도 없고 자식도 없이 여태 혼자인 신세치고는 이상하게 들릴지도 모를 소리였다. 조카네로 온 뒤에야 방 세개 아파트에서 그 가족들과 살았지만 그전에는 시골에서 혼자 지냈기 때문이었다. 문제는 그 사십년 세월이 그녀의 머릿속에는 큰집 식구들과 같이 살았다고 각인되어 있다는 것이었다. 집이 담장 하나 사이인데다 혼자된 몸이라 충분히 그럴 수가 있었다.

병들어서 요양병원에 처박히기 전에 혼자 지내보고 싶은 심사가 불같이 일었다. 조카에게 경제적 부담만 지우지 않는다면 자기를 군이 붙잡을 사람이 이 세상에 없다는 쓸쓸한 자신감도 있었다.

얼마 되지 않았던 시골집 판 돈이야 벌써 없어졌다 해도, 아이들 키워주고 살림 살아주면서 조카에게 받은 돈이 거의 그대로 통장에 들어 있는데다 장기요양 인증심사가 까다로워지기 훨씬 전이었다.

한정된 공간에서 낯선 사람들과 지내는 게 처음에는 서먹했지만 익숙해지니까 편한 점도 하나하나 눈에 보였다. 삼시 세끼 해주는 밥을 마음 편하게 먹을 수 있다는 것이, 국이나 반찬이 조금은 허술하고 먹고 싶은 걸 제때 먹지 못하는 불편보다 훨씬 앞섰다. 그런 식의 좋은 점은 얼마든지 찾을 수 있었다. 그 모든 장점이 한마디로 남 눈치 볼 것 없고 간섭받지 않고 지낼 수 있다는 걸로 귀결되었다. 그게 그녀가 요양원에 들어온 이유의 모든 것이기도 했으니 이곳은 그녀에게 더없이 좋은 곳이었다.

이런 현실을 다시 일깨워준 게 바로 동서 소식이었다. 동서가 건너편으로 온다는 말을 듣기 전까지 자신이 얼마나 마음 편히 지내왔는지를 새삼 깨달았다는 그런 이야기이다.

어쨌거나 동서를 보러 가야 한다는 걸 깨우쳐준 사람은 쫀득이였다.

"동서 사이가 안 좋은가베요."

신관이라고들 부르는 병원에 가봐야지 하면서 미루고 있는데 하루는 쫀득이가 그렇게 말했다.

"무신 소리 하노."

입에서 그 소리부터 나왔다.

"벌써 일주일 넘게 한숨만 쉬면서 누워 안 있소."

"할 일이 없나. 그런 거나 세고 있거로."

"옆방 할망구 하나는 환갑 때 서로 해 입은 한복 두루마기가 니끼 비싸니 내 끼 비싸니 하다가 아예 발걸음을 끊었다 카는데, 거기는 뭐 때문에 틀어졌소?"

"틀어지기는 뭐가 틀어져. 나이 들어서는 그냥 지대로 사는 기 좋은 기지 아픈 몸 끌고 와서 서로 얼굴 보는 기 뭐가 좋노."

"그 정도 갖고 다른 데 알아보고 그리하는가. 얼굴 보기 싫은 연유가 있겠지."

식당에 내려가기 위한 차림을 다 하고도 쫀득이는 의자에 붙어 앉아 있었다. 말라깽이에게 이왕 전해 들은 모양이니 몇마디는 해 둬야 할 것 같았다.

"그런 기 아이고, 촌에서 담 하나 두고 살다보이 그 집 일이 내 일이고 사사건건 간섭이고 잔소리 아이가. 그라고 뒤판에는 그 집 손녀까지 키아줏으몬 됐지 여까지 따라올 거는 또 뭐꼬."

그리고 그녀는 그 나이에 누구나 할 수 있는 말 한마디를 덧붙였다.

"몇십년 치대다보이 엉성시러운 기라 마."

"그래도 우짜요. 여자 팔자가 남자 팔자 따라가는 긴데. 병원에 왔다 카이 쪼매 더 성한 우리가 복이지."

"그건 그렇네."

솔직한 심정이었다. 동서가 오면 오는 대로 받아들이자는 마음

속에는 그런 셈까지도 들어 있었겠지만 옆에서 콕 짚어주니 여유까지 생기는 기분이었다.

그날은 일주일 넘게 쪼아 붙이던 추위도 한풀 꺾이고 낮 최고기온이 10도까지 오른다는 일기예보가 있었다. 그렇지만 그녀는 외투에 모자까지 찾았다. 아무리 가깝다 해도 외출은 외출이었다. 머리도 다듬고 옷도 챙겨야 했다. 그녀는 동서 소식을 들은 뒤로 산책도 하지 않고 실내에서만 보냈기에 건물 바깥으로 나가는 게 오랜만이었다. 생각해보니 그동안 처방을 받기 위해서도 신관 출입을 하지 않았다. 요양병원이 생긴 뒤로 어지간한 잔병은 그곳 의사에게 진찰을 받고 약 처방을 받았는데 동서가 입원한 뒤로는 가본 적이 없었다. 아픈 데가 없어서 그랬을 테지만, 신경을 다른 데 썼거나 신관 출입 자체를 아예 하기 싫었기 때문인지도 몰랐다. 잠이 오지 않아 뜬눈으로 새벽을 맞으면서도 수면제 처방을 끝내 받으러 가지 않은 것도 바로 그런 이유에서였다.

출입문을 나서자 잠잠하던 바람이 때맞춰 불어와 모자를 붙들어야 할 정도였다. 바람이 차고 말고가 아니라 짜증이 솟았다. 주차장을 가로지르지 않고 인도를 따라 두 건물 중간쯤을 지나는데 갑자기 배가 아파오면서 설사 기가 느껴졌다. 그녀는 어쩔까 하며 그자리를 잠시 맴돌았다. 신관 화장실이 더 가까이 있다는 생각과 몸이 움직인 건 달랐다. 그녀의 발은 벌써 자신이 문을 열고 나왔던 건물로 향하고 있었다. 시원찮은 상태로 화장실에서 나와 옷만 추스르면 다시 배가 사르르 아프기를 되풀이하다 날을 보냈다.

설이 다가올 즈음 그녀는 다시 신관으로 향했다. 조카들이 찾아올 때 할 말이 있어야 했다. 저번과는 달리 문을 나서자 발걸음이 절로 바빠졌다. 그런데 이번에는 신관 문 앞에서 돌아서야 했다. 갑자기 발에 쥐가 나면서 머리가 어지러웠던 것이다. 수위의 도움으로 겨우 구관으로 돌아와서 자신의 몸이 금방 풀린 걸 알고는 한숨을 내쉬었다. 누구한테도 이게 꾀병이 아니라고 설명할 수가 없을 것이라는 생각에서였다.

그런 일이 실제 일어난 것은 며칠 뒤 제 모친을 보고 오는 막내 조카 내외 앞에서였다.

"어머니가 숙모님을 찾으시던데……"

말은 그 정도로 했지만 서운한 마음이 묻어나 있다는 걸 그녀가 눈치채지 못할 리 없었다.

"아이구, 그래 말이다. 기다리실 만도 하지. 우짠지 내가 몸이 계속 안 좋다……"

문 앞까지 갔다가 돌아왔다는 소리가 입을 맴돌았지만 그녀는 끝내 잘 참았다.

"좋아지면 천천히 한번 가보세요."

질부가 웃으며 말했지만 고개를 몇번이나 갸우뚱거렸을 것이다.

그녀가 외래 진료를 위해 시내에 나간 것은 막내조카 부부가 찾아온 지 며칠 뒤였다. 가슴께와 귀가 몹시도 아프고 열까지 났던 것이다. 사실 그녀는 조카네가 다녀간 다음 날 다시 신관으로 가려고 애를 썼지만 되지 않았다. 점심을 먹은 직후였는데 고등어찌개가 잘못인지 두드러기가 일어나면서 두 손이 모자라도록 가렵고 아팠다. 다른 사람들은 아무렇지도 않았으니 무슨 조화라고 볼 수밖에 없어 그녀는 마음이 무거웠다. 쫀득이가 스트레스라고 했지만 그 말이 맞든 틀리든 그녀에게는 문제가 아닐 수 없었다. 동서를 보러 나가기만 하면 탈이 생긴다는 것 자체가 동서와 조카들에게 미안하기 짝이 없는 노릇이었기 때문이다.

오후 다섯시의 마지막 병원 셔틀버스로 들어왔을 때 그녀의 손에는 서로 다른 몇개의 약봉지가 들려 있었다. 피부과와 이비인후과, 그리고 내과를 찾았는데 의사들이 찾아낸 병명은 대상포진 하나였고 나머지 약들은 모두 그녀가 어디 어디가 좋지 않다고 해서 받은 것이었다.

"약만 먹고 살 긴가베."

쫀득이가 한마디 하고 약봉지와 같이 사들고 온 두유 박스에 눈을 두었지만 그녀는 묵묵부답했다.

다음 날 두유는 따뜻하게 데워져 같은 방 사람들 손에 쥐어졌다.

회사 로고가 찍힌 점퍼를 입은 젊은이가 제법 커다랗고 묵직한 박스 하나와 작은 박스 하나를 들고 방에 들어선 때는 열한시 정도였다.

"할머니를 위한 특별 써비스입니다!"

젊은이가 첫번째 박스를 열자 여행용 가방 같은 물건이 나왔다. 녹색의 단단하게 생겨먹은 그 물건이 최신형 14리터 용량의 미니 냉온장고란 걸 알고서 사람들의 입이 벌어졌다. 젊은이는 그걸 가

뿐하게 들어서 송희 할머니가 가리키는 탁자 위에 놓은 뒤 재빨리 선을 연결하고 작동까지 시켰다.

"이게 냉온 스위치, '온'으로 맞추고. 그리고 이건 온도 조절하는 거. 자, 할머니 두유 넣고 이분 뒤에 드세요. 따끈따끈 호빵까지, 다 좋습니다."

송희 할머니가 발그레한 전깃불이 들어온 온장고 속에 두유를 넣는 동안 젊은이는 두번째 박스를 땄다. 속에서 나온 물건은 네모반듯한 탁상용 라디오였다. 젊은이는 선을 연결하고 채널을 이리저리 돌리면서 소리까지 조절해 보였다.

"자, 이건 리시버, 귀에 꽂아보세요."

비닐봉지에서 은색 리시버를 꺼내 그녀에게 건넸다.

"자, 할머니가 소리 조절해보세요. 잘 들리세요?"

양쪽 귀에 새끼손톱만한 리시버를 꽂은 그녀는 고개를 끄덕였다.

젊은이가 빈 박스를 재빠르게 챙겨들고 사라진 뒤 방 안은 잠시 침묵에 빠졌다. 송희 할머니가 라디오부터 끄고 리시버를 빼면서 말했다.

"이놈 라디오 소리로 시끄럽게 안할 긴께네 걱정 마소. 그라고 이거는 필요할 때 언제든지 쓰소. 자 인자 뜨실란가 하나씩 마셔봅시다."

다음 날부터 그녀가 사온 물건은 화제가 되었다. 처음에는 냉온장고를 구경하러 와서는 깜찍하게도 생겼다고 한마디씩 했다. 그녀는 하나같이 입에 익은 냉장고라는 소리를 '냉' 자를 길게 빼서 냉온장고로 고쳐주고는 두유 한병씩을 쥐여주었다. 그런데 이런 일이 사람들에게 한동안 잊었던 동서 얘기를 다시 꺼내게 하는 계기가 되었다. 동서가 온 지 언젠데 아직 안 가보았느냐 그런 뒷소리였다.

하지만 송희 할머니는 그런 걸 아는지 모르는지, 마실 것을 가끔씩 채워두고는 라디오를 들으며 누워 지냈다. 식사 때 말고는 문밖에도 잘 나가지 않는 것이 동서가 옆 건물에 있다는 사실을 아예 잊은 듯 보일 정도였다. 시간이 지나면서 냉온장고를 보러 오는 사람도 거의 없어지고, 그녀에 대한 얘기도 시들해져갔다.

문제는 조카들이었다. 숙모의 그런 모습을 처음 대한 날이 하필이면 모친 생신날이었다. 구순인데다 모친의 몸 상태도 그런대로 괜찮아서 병원 밖의 음식점에 자리를 만들어놓고 막내 부부가 들렀다. 라디오 리시버를 끼고 누운 숙모의 모습이 생소했다. 그녀는 리시버만 뺐을 뿐 일어나 앉지도 않았다. 냉온장고를 발견한 건 질부였다.

"우리 작은 어머니, 살림 장만하셨네! 요새는 이리 예쁜 냉장고도 나오는구나."

"따시게도 된다. 냉온장고라고."

그러고는 목소리를 조금 낮추며 덧붙였다.

"어찌나 탐을 많이 내는지, 내가 자리를 못 비운다."

"하하, 그러실 만도 하겠다. 물건도 좋고 디자인도 깜찍하니까."

"구순 생신이라고 저쪽에 다 모여 있습니다. 같이 가시죠."

조카가 말을 잘랐다.

"뭐라? 오늘이 생신이라고?"

"네에, 구순."

"그렇나. 아이구 내가 요즘은 깜빡깜빡한다. 근데 우짜노. 내가 허리를 삐끗해서 움직이몬 안된다. 대신 인사 좀 전해도고."

"예? 허리가. 그럼 휠체어를 가져오지요."

"아이다, 아이다."

그녀가 두 팔을 휘저으며 목소리를 높였다.

"내가 지금은 거기도 앉기 어렵다. 안 아픈 데가 없어 시내 병원 여러군데를 갔다 왔다. 여기, 서랍 열어봐라. 약을 달고 산다. 몸이 좋아지몬 가보께, 오늘은 그냥 가거라."

"전에도 그 말씀이더만……"

복도로 나온 조카가 제 처에게 투덜댔다.

"이해가 안되네, 이해가 안돼. 뭐가 잘못되지 않고서야 어머니께 가본다는 소리만 하고 아직도 안 가실 수가 있나. 라디오하고 냉장고는 또 뭐야?"

"글쎄 말이에요."

그의 처도 답이 있을 수는 없었다.

식당에서 화제는 당연히 숙모였다. 그리고 이야기는 자연스레 자기들 모친과 연결되었다. 아픈 사람을 두고 잔치를 벌일 수는 없으니 모인 사람들은 자식들뿐이었다.

"어머니께 크게 서운하지 않고서야 저럴 수가 있나요. 촌에 사실

때 어머니가 너무 힘들게 하신 거 아닌가?"

막내는 자기가 모셨던 시기보다는 시골에서 살 때에 틀어진 것이라고 생각하고 싶었다. 어쩔 수 없이 그는 숙모의 변한 모습에 가장 신경을 많이 쓰는 입장이기도 했다.

"우리 어머니 성격 알잖아. 평소에 큰소리도 잘 안하시는 분인데."

맏이가 말했다. 타지에서 온 형제들도 고개를 끄덕였다. 모친은 그저 유순하면서 특별히 까다로운 성격이 아니라는 것이었다. 맏이가 말을 이었다.

"나는 고등학교 때부터 도시로 나왔지만, 어쨌든 작은어머니가 우리 집 살림을 많이 거들고 농사도 거들고는 하셨지. 근데 그게 촌에서 별스런 일도 아니고, 더구나 혼자 사셨으니 그럴 일이 많았겠지. 어쩌면 외로운 작은어머니가 우리 어머니를 친동기처럼 따랐다고도 볼 수 있는데, 참 이해가 안되네. 친정이 멀었는지 그쪽 이야기는 들은 기억이 없는 것 같은데."

"갈 데도 없고, 갈 구구도 못 냈다."

모두의 눈이 모친에게로 향했다. 지금까지 가만히 먼 산 보는 눈짓과 표정으로 앉아 있던 모친이었다.

"방물장수가 델꼬 왔다 아이가. 합천서 왔다는 거만 알고 더 묻지 마소, 그랬거든. 너거 숙부가 여자 없이는 못 사는 남자라. 둘이나 잡아먹고도."

며느리들이 눈을 맞추다가 시어머니를 다시 보았지만 그 입은 열리지 않았다.

큰며느리가 "어머니, 더 이야기하세요. 맛배기만 보여주시면 어떡해요"라고 해서 한바탕 웃음이 식탁을 건너다니다 눈길이 한쪽으로 몰렸다. 그래도 가장 많이 알고 있는 사람은 장남이었다.

"내가 국민학교 몇학년 때 숙모가 오셨더라? 앞의 분들하고 헷갈리기도 하는데, 하여튼 이 숙모님이 오시고 얼마 안돼서 숙부가 돌아가셨지 아마…… 막내숙부도 참 어지간하신 분이었지. 두번은 먼저 보내시고 세번째 부인과는 제대로 살아보지도 못하고 본인이 먼저 돌아가셨으니."

그는 맥주잔을 들다가 내려놓았다.

"그건 그렇고, 문제가 뭐지? 제수씨들 보기에도 시어머니가 구박하고 그럴 분은 아니죠?"

웃음이 돌면서 동서 사이에 우스갯말들이 오갔다. 그러다 막내제수가 입을 열었다.

"혹시, 그냥 다 잊고 싶으신 거 아닐까요?"

그녀에게 눈과 귀가 모였다.

"그러니까 몇년, 벌써 삼년이네. 혼자 계시다보니 어머니께 감정이 있든 없든 그냥 안 보고 싶다는 그런 마음이 들 수도 있는 거 아닐까요?"

좌중은 잠시 조용했다. 그래도 가장 최근에 이십년 가까이를 함께 살았기에 숙모의 남다른 면을 알고 있을 수도 있다는 생각이 들었다. 하지만 말은 거기까지였다. 그녀가 하지 못한 말은 내일모레 순서 없이 갈 건데 피도 섞이지 않은 동서 사이에 뭐 그리 살뜰할 이유가 있겠느냐는 것이었다.

"그러면 숙모님을 다른 요양원으로 보내든지 어머니를 옮기면 되나?"

"무슨 소리를 하고 있노."

"동서, 말이 틀리지는 않지만 애매하구마는."

가족들은 시선을 모두 모친에게로 돌렸다. 오늘의 주인공이기도 하지만, 무슨 말 한마디에 숙모 문제, 아니 두사람 간의 문제가 일순간에 다 풀릴 거라는 실없는 기대에서였다. 마무리는 큰아들이 했다.

"뭐, 그냥 지냅시다. 답도 없는 거 자꾸 얘기하면 괜히 이상해지고, 그러니 숙모님도 편하게 내버려두고…… 별탈이 있을 리도 없는데요 뭐."

조카들이 선택한 방법을 누가 손댈 사람은 없었다. 하지만 당사자인 송희 할머니의 입지는 갈수록 좁아졌다. 동서가 오기 전에는 그런대로 산책도 하면서 여러가지 놀이에 끼였지만 이제는 거의 침대나 방에서만 시간을 보냈다. 대상포진도 이미 나아 별다르게 건강이 나빠진 건 아니라 해도 기운이 크게 떨어진 건 사실이었다. 그녀는 동서의 구순 생일 뒤에도 동서를 찾지 않았다. 이제 와서는 가야 한다는 생각만 해도 가슴이 떨리고 몸이 가려웠다. 거기다 그런 일을 한두번 더 되풀이하다가는 조카에게 꾀병이 아니고 발걸음이 안 떨어진다는 말이 덜컥 나올 수도 있다고 생각하니 더 무서워졌다.

때늦게 입춘 눈이 내리던 날, 그녀는 창가에 섰다. 내린 양이 제법 되는지 마당과 주차해둔 차들의 지붕이 눈으로 하얗게 덮여 있었다. 그녀의 시선이 건너편 신관으로 향하다 다시 자기가 있는 건물 쪽으로 돌아왔다. 두 건물을 잇는 길, 그녀가 몇번 걸어가다 되돌아온 길은 비로 계속 쓸었는지 말끔했다. 509호. 그녀는 조카가 적어준 종이쪽지가 든 서랍을 내려다보고는 건너편 건물을 찾았다. 녹색 건물이 눈을 맞고 있었다. 그녀의 눈길은 그렇게 자기가 선 창가에서 길을 따라 저편 신관 5층으로 몇번이나 오르내렸다. 하지만 시선은 그렇게 쉬 갔지만 머릿속에 그려지는 발걸음은 언제나 길 중간이나 저편 현관 앞에서 멈추었다.

'미안하요, 형님.'

그녀가 보기 싫은 것은 사십년 넘게 등 대고 살았던 동서가 아니라 자기 자신인지도 모른다. 그것은 참으로 그녀 자신도 받아들이기 어려운 감정이었지만, 요양원에 들어오길 백번 잘했다는 생각을 스스로 따져본다면 받아들일 수밖에 없기도 했다. 자기가 이곳에 들어와서 편안했던 것은 몸만이 아니었다. 옛날에 어쨌니 하는 그런 소리를 할 필요도 없었고 한들 소용도 없는 곳이 여기였다. 그냥 하루하루 아프지 않고 재미나게 지내면 되었다. 그런데 건너편에 동서가 온 것이고, 동서가 왔다는 것은 곧 자신을 돌아봐야 한다는 소리나 매한가지였다.

동서는 그녀가 살아온 시간을 고스란히 담아 비추는 거울이었다. 혼례고 뭐고 몸 하나 달랑 들어와서 여섯달 만에 남편을 잃었다. 어떡하든 시집에 기대 살아야 했다. 시어머니보다 더 오래 자신과 비비며 살 사람은 맏동서였다. 그녀는 지극정성으로 동서를 대하면서 몸을 아끼지 않았다. 나이가 들어서도 걸음이 빠른 건 어렸을 때부터 살기 위해 몸에 붙은 습관이었다.

얼마 뒤 조카들이 자주 들락거릴 일이 생겼다. 동서가 낙상을 했기 때문이었다. 일요일 그날은 두 형제가 질부들과 같이 왔다. 막내조카 손에는 두유 박스가 들려 있었다.

"아이구 우짜노. 보행기를 꼭 밀고 다니지 머 한다꼬 맨 손으로 걷노."

"침대에서 떨어지셨다니까요."

"무어든지 조심해야지. 안 움직이는 기 최고다. 인자는 그 수밖에 없다."

큰조카 부부는 고개를 돌리며 슬쩍 웃고, 막내조카는 "네에, 네. 그렇죠" 하고 장단을 맞추었다.

"라디오는 주로 어느 방송을 들으세요?"

막내조카가 물었다.

"으응, 열개 넘게 나온다. 아침에는 KBS 듣고 점심 뒤에는 강석 김혜영이, 그리고 최유라도 듣는다. 조영남이는 너무 출싹대서 파이지만."

"어휴, 훤히 꿰고 계시네."

"라디오는 그래도 MBC가 잡고 있네. 택시를 타도 그렇고."

큰조카 부부가 거들었다.

"이거 넣어드릴까요?"

막내질부가 두유 박스와 냉온장고를 번갈아 보며 말했다. 발그레한 빛을 발하는 냉온장고는 보기만 해도 따스해 보였다.

"아이다, 지금 안 넣어도 된다. 하나씩 꺼내 마셔라."

그제야 생각난 듯 그녀가 마실 것을 권했다.

"어머님 뵐 때 마셨어요. 근데 작은어머니, 요새도 저게 인기예요?"

막내질부가 묻기를 기다리기라도 한 듯이 그녀가 얼른 답했다.

"하모. 요새도 디다보고, 만져보고 간다 아이가."

조카들이 웃으면서 일어날 차비를 하는데 그녀가 덧붙였다.

"내가 저거 땜에 신경이 많이 쓰인다."

"네에, 신경 써야죠. 건강 조심하시고 잘 계세요."

막내질부가 인사했다.

조카들도 제 모친에게 한번 가보라는 소리를 하지 않았지만 그녀도 가본다는 말을 하지 않았다. 조카들이 가고 난 뒤 쫀득이가 쏘아붙였다.

"누가 짊어지고 가요? 신경 쓰인다 카게. 훔쳐갈까 지키고 있다 소리할까 겁난다. 아이구, 이 축구 같은 할매야. 그냥 너거 엄마한테 갈라 캐도 발이 안 떨어진다 카고 말지. 답답다, 답답아!"

근래 들어 그녀에 대한 쫀득이의 말투는 다소 거칠어졌다. 설사가 나고 두드러기가 난 걸 지켜본데다 스트레스라고 명확한 진단까지 내린 사람으로서, 송희 할머니가 라디오와 발음도 잘 되지 않는 냉온장고라는 놈을 옆에 끼고 누워 조카들에게 아이 같은 변명만 늘어놓았기 때문이었다.

쫀득이의 공격을 송희 할머니는 무대응으로 받아 넘겼다. 라디오 볼륨을 높이고 돌아눕는 게 다였다.

시간이 좀더 흘러도 송희 할머니에게 별다른 변화는 없었다.

조카들은 자기 모친의 구순 때 나누었던 이야기를 최종 결론이자 처방으로 삼았다. 모친은 물론 숙모를 다른 데로 옮길 생각조차 하지 않았다. 그런대로 옆에서 오랫동안 지켜보고, 그럴듯한 진단을 냈던 막내질부조차 나이가 들어서도 몸을 아끼지 않고 살림을 살아준 숙모가 안돼 보였을 뿐이었다.

그 누구도 송희 할매라고 불리기를 좋아하는, 박분자를 이해할 수 없었다.

목구멍 너머

"이혼해요, 차라리 이혼해."

정문숙이 말했다.

"이야기를 해도 정도껏 해야지, 아예 끝을 보자고 달려드니 나도 이젠 더 못 참겠어!"

김정태는 커피잔을 들고 일어서는 아내 정문숙을 왜 이러느냐는 표정으로 바라보았다. 그 표정이 자기 주장이 틀림없이 옳은데 무슨 엉뚱한 소리냐는 그런 것으로 보였는지 정문숙의 목소리가 높아졌다.

"병원에 가봐. 협심증이 아니야. 목이 아파 가서는 협심증 소릴 듣다니, 오진일 테니 다시 가봐. 집요하게 물고 늘어져 상대방 보고 두 손 들라는 그런 심보, 그런 증세가 목이나 심장하고 무슨 상관이 있어."

정문숙이 몸을 돌리면서 커피를 쏟았고 몇방울이 김정태의 왼쪽 발등에 튀었다. 그게 신호라고 느꼈는지 김정태가 입을 열었다.

"해야 할 이야기를 하는데 집요하다니? 거기다 병원 이야기는 왜 해? 그렇게 만든 사람이 누군데?"

"왜, 이혼 소리보다 병원 가라는 소리가 더 무서워?"

정문숙이 멈춰 섰고 김정태도 소파에서 일어났다.

"말이라고 막 하는 게 아니야. 왜 이야기만 꺼내면 짜증부터 내고 피하려고만 해. 그러니 말이 자꾸 거칠어지지."

커피가 쏟아진 바닥을 몇걸음 사이에 두고 부부가 마주 섰다.

"거칠다고? 당신은? 당신은 말이라고 막 하고, 세차장 얘기를 하더니 이젠 부동산 중개소까지 찾아갔어?"

"왜 그랬는지, 왜 그럴 수밖에 없었는지 그걸 헤아려줘야지."

김정태는 되도록이면 목소리를 낮추려고 애썼다. 지금도 자리에 앉아야 한다고 스스로에게 말했다. 자신까지 덩달아 흥분해서 될 일이 아니라는 걸 잘 알고 있었다. 김정태가 소파에 다시 주저앉자 정문숙은 주방으로 걸어갔다. 손에 잔을 들고 있다는 걸 의식했는지 쏟아낸 말과 치솟아오르는 화에 비해서 그녀의 몸짓은 크지 않았다.

김정태는 앉은 채로 커피가 묻은 발등을 들어 다른 쪽 바짓가랑이에 문질렀다. 소파 앞 탁자에는 마개를 닫지 않은 주스병과 마시던 잔, 전선이 길게 드리운 드라이기, 양면이 활짝 펼쳐진 신문이

어지러이 흩어져 있었다. 켜진 텔레비전 화면보다 김정태의 눈에 더 크게 들어오는 것은 신문지 위의 머리카락 몇올이었다. 정문숙이 커피잔을 내려놓은 식탁에는 그릇들이 어질러져 있었다. 두사람은 침묵하면서 서로를 바라보았다. 정문숙은 식탁을 치우지 않았고 김정태도 어지러운 탁자 위의 물건들을 정리하지 않았다. 완강해 보이기도 하는 이 모습은 현장을 잘 보존하면서 상대방을 공격하려는 의도로 보이기까지 했다.

"집을 내놓다니? 누구 집이라고 의논도 없이 내놓고 세입자 내쫓듯 불쑥 통보야!"

정문숙이 시작했다. 김정태는 누구 집이라는 말에 눈썹을 잠시 떨었지만 입을 열지는 않았다. 방침이 섰기에 남은 건 실행뿐이라는 생각이었다. 그가 어제 집 앞 부동산 중개소를 찾아간 것도 그래서였다.

"어느 집이에요? 어느 부동산이냐고요?"

주방 의자에 앉아 있던 정문숙이 일어났다. 솟구치듯 벌떡 일어난 정문숙의 기세는 김정태의 입에서 부동산 중개업소의 상호만 나오면 실내복 차림 그대로 뛰쳐나갈 것처럼 단호했다.

"어쩔 건데? 지금 이대로가 아닌 당신의 의견을 말해봐. 다른 방법을 제시하면 내가 전화해서 거둘게."

"뭐라구? 그 이야길 지금 당장 하라구요? 당신 정말 이럴 거야? 내가 동네 부동산 중개소 다 뒤져 알아내요? 정말 그렇게 못할 줄 알아요?"

정문숙이 탁자 앞으로 걸어와 소파에 앉은 김정태를 쏘아보았다. 불길이 이는 듯한 아내의 눈길을 피해 김정태의 시선이 머문 곳은 텔레비전 화면이었다. 붉은 여자의 입이 클로즈업되고 벌린 입에서 날카로운 송곳니 두개가 길게 솟아났다. 입술에 번진 빨간색은 루주가 아니었다. 시선을 황급히 돌렸지만 그의 눈앞에는 머리카락이 나뒹구는 신문과 선이 꼬불꼬불 늘어진 드라이기였다. 모든 사단은 그 흔적에 있었다. 두사람의 싸움은 어지러운 거실 탁자와 식탁에 남겨진 자취에 대한 싸움이기도 했다. 대상이 없는 상태에서 그 흔적을 치다꺼리하는 사람들 간의 싸움이었다. 그래도 이 과정이 필요한 것은 어느 쪽이 다른 쪽을 설득하거나 이겨야만 흔적에 대한 조처에 들어갈 수 있기 때문이었다.

김정태가 리모컨을 손에 쥐고 아침 열시에 켜진 호러 영화 화면을 끄지 않고, 드라이기와 그걸 작동한 결과물인 머리카락이 달라붙은 신문지를 거두지 않은 것은 끝까지 견디기 위해서였다. 인정하지 않고 외면만 한다고 될 일이 아니었다. 김정태는 그걸 아내에게 인식시키고 같은 편이 되자고 하고 있었다.

"어쩔 건데? 당신도 무턱대고 회피하지 말고 의견을 말해보라고."

정문숙이 리모컨을 잡더니 화면부터 껐다. 김정태는 사라지는 화면을 보며, 흔적을 지운다고 문제까지 지워지느냐는 소리를 삼켰다.

"회피라고요? 당신은 문제랍시고 당당하게 맞선 게 세차장이야?"

"이야기를 풀어가기 위해 꺼내는 거라고 말했었잖아? 왜 말꼬리를 잡고 매달려."

부부는 자식을 두고 싸우고 있었다. 그럼에도 그들은 생각을 하거나 직접 말을 주고받으면서도 표현에서 주체를 빼고 있었다. 그게 저마다 의식적이든 아니든 자식 문제에 대한 그들의 심리상태이기도 했다. 그들에게 자식은 어쩔 수 없이 이야기를 하긴 하지만되도록이면 피하고 싶은 그런 존재가 되어 있었다.

두어달 전에 김정태는 기름을 넣고 주유소에 딸린 세차장에서 세차를 했다. 주기적으로 하는 일이기에 대수로울 것은 없었다. 가득 채우라고 했더니 6만원이 나왔다. 그는 자기 차의 계기판에 주유 경고등이 켜지는 걸 한번도 본 적이 없는 준비가 철저한 성격이었다. 그날도 두 눈금이나 남은 상태에서 기름을 넣었다. '손세차'라는 간판이 눈에 크게 들어온 것이 주유소에 들른 더 큰 이유일수도 있었다. 마음이 울적하고 머리가 무거우면 사람마다 혼자 그걸 지우는 방법이 있을 것이다. 머리를 깎거나 사우나탕을 찾거나노래연습장에서 목이 쉬도록 노래하거나 등산을 하는 등 말이다. 김정태는 퇴직하고부터 시골길을 두세시간 달리거나 세차를 하곤했다.

그날은 병원에 갔다 오는 길이었다. 언제부터인가 목에 무엇이 걸린 듯 불편하고 숨쉬기가 힘들었다. 이비인후과에서 후두는 아무 이상이 없다고 했다. 김정태가 목구멍 아래에서 뭔가 치미는 듯하고 가슴이 아플 때도 있다고 하자 심장내과로 보내주었다. 협심증이었다. 며칠 뒤 의사가 정밀검사 결과를 설명하면서 심근경색으로 진행될 우려가 있으니 조심해야 한다고 했다.

주유가 끝난 뒤 김정태는 주유소 안쪽 마당의 세차장에 차를 세웠다. 앞차의 세차가 거의 끝나가고 있었다. 왁스를 바르고 차바퀴를 닦고 있었다. 네사람이 달려들어 세차를 하는데 손발이 척척 맞았다. 김정태가 차에서 내리자 마른걸레질로 앞차의 광택을 내던 여자가 "어서 오이소. 다 끝나갑니다"라고 인사했다. 여자는 오십줄을 넘긴 것처럼 보였고, 남자 둘도 나이가 들었는데 젊은이 하나가 끼여 있었다.

"저기 휴게실에서 커피나 한잔 하시지예."

찬바람이 옹벽 아래를 맴돌며 낙엽을 흩트렸다. 제법 높은 옹벽 위 노란 은행나무 몇그루가 심어진 언덕이 아파트 단지와 세차장의 경계였다. 옹벽에 바싹 붙은 조립식 컨테이너 박스가 휴게실이었다. 김정태가 문을 열고 들어서자 신문을 보고 있던 젊은 여성이 의자에서 일어났다. 좁기는 해도 탁자와 의자, 텔레비전, 정수기와 컴퓨터 등이 자리를 잡고 있었다. 젊은 여성이 창문 앞에서 주춤거리다가 밖으로 나갔고 그 자리에 김정태가 섰다. 젊은 여성은 요금을 치르고 차를 향해 걸어갔다. 밝은 겨울 햇빛 아래 은색 BMW가 눈부시게 빛났다. 김정태의 차가 두개의 하수구 사이에 세워지자 호스에서 거센 물이 쏟아졌다 물줄기가 뒷바퀴를 씻고 있을 때 차 머리에서는 벌써 세제 거품이 일고 있었다.

김정태가 새로울 것도 없는 그 모습을 뜯어보고 선 까닭은 자신의 마음상태 때문이었다. 무엇이든 몸을 움직여 일하는 모습이 그의 마음에 크게 들어오고 있었다. 사무실 컴퓨터 앞에 앉아서 하는 일이 아니라 부지런히 몸을 움직여 하는 그런 일 말이다. 그래서 그는 좀전에 들렀던 병원에서도 정장을 하고 카운터에 앉아 있은 직원이 아니라 천정의 난방기를 손보는 직원을 눈여겨보았다. 그런 생각으로 세차하는 모습을 살피던 김정태는 커피를 타 마셨다. 그의 차는 이제 마른걸레로 닦이고 있었다. 차에 붙어선 사람들은 제각기 손을 부지런히 놀리면서 뭐라고 얘기하며 웃었다. 커피가 맛이 있었다. 그렇고 그런 인스턴트 커피가 고소하고 달콤한 것은 일하는 사람들의 모습이 보기 좋았기 때문이었다.

그가 빈 종이컵을 구겼을 때 차 한대가 들어왔다. 차는 세차장 안으로 쑥 들어와 구석진 자리에 섰다. 나이 든 여자와 젊은 사내가 내려서 뒷좌석과 트렁크에서 비닐로 된 커다란 쇼핑 가방들을 꺼냈다. 물건이 가득 찼는지 부피가 상당했다. 김정태는 열두시를 가리키는 전화기 옆 탁상시계를 보며 밖으로 나갔다. 쇼핑 가방 안의 물건은 전기밥솥과 큰 냄비, 그리고 차곡차곡 쌓인 반찬통들이었다. 바람을 타고 양념 냄새가 떠돌았다.

"점심을 집에서 해오나봐요."

김정태가 싸이드미러를 닦는 여자에게 말을 붙였다.

"일하는 재미가 먹는 재민데 식당밥 가지고 되나요."

"보기만 해도 맛있어 보입니다."

"수저만 하나 없으면 되는데 잡숫고 가이소."

보닛 위를 닦던 사내가 웃으며 거들었다. 두사람은 부부일까. 김정태는 세차장 사람들의 가족관계를 따져보았다.

"말씀이라도 고맙습니다."

그때 반대편에서 "손님, 여기 와 보이소" 하는 소리가 들렸다. 목소리의 주인공은 휠 캡을 닦고 있는 젊은이였다.

"바람이 빠졌네요."

김정태가 보기에도 앞 타이어보다 뒤 타이어 높이가 낮았다.

"그러네."

"바로 옆이 타이어 가게니 나오신 김에 바로 가보시죠."

그러고 보니 도로 쪽으로 타이어 간판이 보였다.

김정태는 타이어 가게에서 팁까지 내놓았다. 얼굴에 솜털이 보이는 사내애가 그의 차를 손보았다. 처음에는 길에 세워진 채로 공기를 주입하더니 차를 안으로 옮겨서는 몸체를 들어올려 바퀴들을 살폈다. 높은 천정까지 차곡차곡 쌓아올린 타이어와 가게 규모를 살피고 있던 그에게 젊은이가 다가와 손바닥을 폈다. 작은 못 하나가 그 위에 올려져 있었다. 김정태는 손을 뻗어 못을 집었다. "어디서 이게 박혔지?" 기름때가 묻은 젊은이의 손은 따스했다. 공기를 주입하고 때우기까지 했는데도 요금이 5천원이었다. 그는 만원을 건네며 잔돈을 받지 않았다. 일류대학 나오면 뭐하나, 손에 기름을 묻히더라도 열심히만 일하면 되지. 김정태는 팁이 의외라는 듯 고맙다고 인사하는 젊은이에게 그렇게 말하고 싶었다.

그날 뒤로 김정태는 자신이 직접 찾아보거나 경험 있는 지인들

을 통해 여러가지를 알아보았다. 넓게는 업종별로, 구체적으로는
괜찮은 길목의 주유소 임대비부터 커피 전문집, 커트 전문 체인점
까지 말이다. 하지만 업종이 중요한 건 아니었다. 알아보고 다닌다
는 사실을 아내에게 알리는 게 중요했다. 한달 전에 그는 자신이
해온 일을 아내에게 알렸다. 세차장은 절실함을 말하기 위한 전제,
마중물 격이었는데 정문숙은 그 대목부터 발끈했던 것이다.

"내 말은 간단해."

김정태가 다시 나섰다.

"지금 이대로는 안된다는 내 의견에 당신이 동의만 해주면 돼."

텔레비전을 끄고 식탁 의자로 다시 옮겨 앉은 정문숙은 침묵했다.

"당신이 지금 끈 텔레비전부터 어질러진 이 모두가 이대로 계속
되어서는 안된다는 걸 말해주고 있잖아?"

그는 손까지 흔들었다. 그리고 말이 길어지면 안된다는 걸 알면
서도 김정태는 자신의 감정에 휩싸였다.

"집 내놓은 것은 거두면 돼. 당신이 꿈쩍도 않으니까, 했던 소릴
또 하니까 내가 이러는 거야."

김정태가 마음을 다잡은 것은 10월 초, 1차 합격자 발표 뒤였다.
이번에는 될 줄 알았는데,라는 아들놈 말에 정문숙이 내년에는 좀
다부지게 해봐,라고 말한 다음이었다. 김정태가 그 자리에서 생각
해봐야 되지 않나, 하는 정도로 넘어간 것은 당장 결정될 문제가
아닌데다 집으로 데리고 온 뒤 모든 대화는 아내를 통해 중개되고
있었기 때문이었다. 자식 문제에서 김정태는 처음부터 배제되어

있었다고 말할 수 있었다. 직위가 높든 낮든 월급이 많든 적든 어쨌든 김정태가 직장에 매달려 있는 동안 아이 교육은 아내의 전담이었다. 그거야 사회적 추세라고 하면 그만이지만 정문숙은 거기에다 하나를 더 얹고 있었다. 과목별 족집게 고액 과외비를 부담할 능력이 그것이었고, 더구나 그 능력이 부동산 투자에서 나왔기에 그로선 할 말이 없었다. 결과는 일류대학 입학이었으니 흐뭇하게 지켜보고만 있은 게 백번 잘한 일이기도 했다.

군복무를 마치고 본격적으로 행정고시를 준비한다고 했을 때에도 고개만 끄덕였다. 아내의 역할은 여전했고 그 선택은 적성을 고려할 것도 없이 사회계열을 다니고 있었으니 당연한 것이기도 했다. 힘은 다소 들겠지만 결과만 좋으면 다 좋은 것이고 가능성이 충분하다는 신뢰도 있었다. 거기까지는 팔짱을 끼고 격려만 하고 앉은 김정태라 해도 아내와 뜻을 확고하게 같이한 시간이었다. 뜻이 달라진 건 2차 시험에 세번 떨어진 뒤였다. 김정태는 조심스레 대학원 진학과 기업 입사 이야기를 했다. 늘 푼수는 없어도 준비만은 잘하며 살아온 그였기에 그즈음에는 나서야 했다. 공기업 쪽은 성적만 좋다면 나이의 불리함을 커버할 수도 있을 것이었다. 아이의 적성이 어쩌면 학문 쪽에 있을지도 몰랐다. 모교의 대학원에 들어간 뒤 박사학위를 외국에서 딴다면 학교에 몸을 담을 수도 있을 것이었다. 시간이 다소 걸리더라도 해볼 만한 선택이었다.

그렇게 제시한 진로에 대한 반응을 살펴보고 7급 이야기까지 꺼내려 했지만 그건 결국 목구멍 밑에 잠기고 말았다. 선수인 아들

녀석은 물론 감독인 아내가 더 앞서 무슨 소리냐고 김정태에게 달려들었던 것이다. 2차 시험에 다섯번 떨어지고 최종 합격한 사례들 얘기에 할 말이 없기도 했지만, 어쨌든 그때 선수보다 감독을 먼저 움직여야 한다는 걸 깨달은 것만은 수확이었다.

그게 이루어지긴 했지만 김정태의 힘은 아니었다. 선수가 먼저 무너졌고 그걸 감독이 확인했기 때문이었다.

언제부터인가 전화를 해도 잘 받지 않고 통화가 돼도 건성 대답이었다. 아내가 이상하다는 느낌을 받았으니 문제가 있음은 확실했다. 불시에 올라가 원룸에서 목격한 건 담배 냄새가 떠도는 방에서 나뒹구는 소주병이었다. 십여분을 펑펑 울던 아내가 결론을 내렸다. 내려가자, 집에 내려가 당분간 푹 쉬자. 그때도 김정태는 7급 이야기를 꺼내지 않았다. 감독이 어떻게 선수를 설득했는지, 선수가 그동안의 체험을 살려 스스로 방향을 바꾸었는지, 7급 공부를 하기 시작했다. 그리고 몇년째였다. 한해 한해 결과를 보고 계속해도 될까 하며 우물쭈물하던 김정태가 이번에는, 늦었다고 생각할 때가 그래도 빠른 것이다,라는 말을 떠올리며 본격적으로 나선 것이었다.

"당신이 흩트려놓지나 마."

정문숙이 말했다.

"난 믿어. 당신도 믿어봐. 애가 당신 눈길이 주먹질이고 당신 침묵이 매질이랬잖아."

172

김정태는 멍한 표정으로 정문숙을 보았다.

"당신, 제대로 생각이나 해보고 하는 말이야? 그 소리 들으려고 내가 집 얘길 꺼냈을까?"

그가 잠시 멍한 표정이었던 것은 아내의 말이 제자리걸음인 데서 오는 허탈감도 허탈감이지만 주먹질과 매질에 대해 생각할 게 있어서였다. 그 문제는 이번에 작정하고 나선 이유와 관계되기도 했다. 어느날 자식 방문 앞에 '매질은 매로만 하는 겁니까. 아픕니다'라는 글귀가 붙어 있었다. 아홉시가 지나서야 일어나고 자정을 넘기며 들어와서는 텔레비전 앞에 붙어 앉아 호러 영화를 보고 앉은 모습을 보다 못한 김정태가 기어이 한마디 했다. 공부도 공부지만 생활습관부터 바꿔라. 모처럼 입을 열다보니 이야기가 길어지긴 했다. 돌아온 반응은 이렇게 몰아붙이면 다시 고시촌으로 올라가겠다는 것이었다. 정문숙이 가운데 들어 주저앉히고 보니 김정태에게 남은 건 눈길이고 침묵이었다.

"이걸 보고도 간섭 말라고?"

그때를 떠올리자 김정태의 입이 다시 열렸다.

"아니, 이걸 보면서도 공부를 해낼 거라고 생각해? 제 마시던 주스병 마개 하나 안 닫고, 머리 털어 말리면서 제 머리카락도 치우지 않고 몸만 빠져나가는 그런 정신상태에 공부가 될 거라고 보냐고? 우리가 도대체 뭘……"

김정태는 눈앞의 어질러진 탁자를 쏘아보다 황급히 일어났다. 견딘다고 견디지만 더이상 보고 있다가는 무슨 말이 자기 입에서

튀어나올지 몰랐다. 지금도 그는 목구멍으로 치솟는 무엇인가를 급히 삼켰다. 병원에서 후두에는 아무 이상이 없다는 말을 들었을 때, 그는 할 말을 삼켜온 게 이런 증세를 만들었다는 걸 알았다.

그는 급하게 베란다로 나갔다. 조용히 그리고 천천히 이야기를 풀어가야 한다는 걸 알면서도 막상 이야기에 빠져들면 감정에 휘둘리고 말이 빗나가고 말았다. 상대가 가족이기 때문이라는 말이 맞았다. 가족이기에 혁명이 없고, 부부간이거나 부모 자식 사이기에 일방적이고 완전한 승리, 바둑으로 치면 상대방이 먼저 돌을 거두는 불계승이 허용되지 않는다는 말도 맞았다. 불계승이 없다면 불계패도 없는 것이다.

김정태는 할 말을 놓칠까 두려운 마음에 거실로 다시 들어왔다.

"여보, 침착합시다. 누가 옳고 그른가, 누가 이기고 지는 게 아니니까, 사리를 따집시다."

그동안 정문숙도 거실의 커피 물기를 닦고 뒷베란다 창에 서 있었다. 비록 부동산 투자에서 뒤판에 실패를 보기는 해도 그녀는 지금 살고 있는 57평 아파트와 세를 주고 있는 30평대 아파트, 그리고 시골 두곳의 자그마한 땅을 지키고 있었다. 여기까지 왔는데 하나가 부족하다니. 대학 입학으로 끝이 아니라는 것까지는 참을 수 있어도 시험에 합격이 안된다는 건 믿을 수도 참을 수도 없었다.

"우선 우리가 삽시다. 우리가 편하게 삽시다."

정문숙의 등에서 김정태가 말했다.

"계모임에 가서 스트레스 받지 말고 집에서도 그냥 그렇게 살아야지 이러다 병이라도 나면 어떡할 거야."

정문숙은 남편이 무슨 말을 하는지 알고 있었다. 아이를 집으로 불러내린 얼마 뒤부터 그녀는 사람 만나는 게 싫어졌다. 모임에서 정치 얘기와 자식 얘기를 하면 벌금을 내게 하는데도 기어이 하고야 마는 인간들이 있었다. 내키지 않았지만 거푸 세번은 빠질 수 없는데다 저녁을 낼 차례였다. 일어나기 직전에 혼잣소리처럼 누군가가 말했다. "기술고시 말이야. 그거 하나 따니 당장 직장에서 대우가 달라져. 시작한다 말도 없더니 전화가 왔어." "됐구나." "지방 국립대 보내놓고 내가 얼마나 후회했는데 그때 후회한 것을 지금 후회하게 되네." 설렁한 뒷말까지 흘리고서야 그 인간은 빳빳한 신사임당 지폐 한장을 내놓았다. 자식 잘 키운 덕으로 대한민국 최고액 화폐에 들어앉은 신사임당 초상을 보며 정문숙은 자신이 패배자 같아 치를 떨었다. 돌아오는 차 안에서 그놈의 계는 오늘로서 끝이야,라는 말을 내뱉는다고 화가 풀릴 수는 없었다. 김정태가 그 친구는 본래 그런 놈이라면서 비교하면 끝없이 피곤해진다고 했을 때에는 고함 대신 눈물을 흘리고 말았다.

정문숙이 김정태를 보고 돌아섰다.

"문제가 남았는데 우리가 어떻게 편할 수 있어? 공부만 하던 애가 다른 일을 하긴 뭘 해?"

"생각도 안해보고 시켜보지도 않았으니까, 공부만 시켜왔으니까 그것밖에 못하는 거야."

"본인이 하겠다잖아. 지가 하겠다는데 어떻게 지금 와서 그만 두라고 할 수 있어?"

김정태는 짧은 한숨을 내쉬며 아내를 보았다. 몇번이나 자괴감에 빠지면서 생각했던 말이 맴돌았다. 아내를 자극한다 해도 반드시 해야 할 말이었다.

"공부밖에 매달릴 게 없으니까 공부하는 거야. 공부하는 척하는 거야. 행시 한다는 게 신분증이었고 7급 공부 한다는 그게 직업이 되었단 말이야."

"당신, 정말."

정문숙이 신음했다.

"어떻게 그런 말까지."

정문숙은 남편이 처음 다른 길을 가게 하자고 말했을 때 콧방귀도 뀌지 않았다. 또다시 꺼냈을 때에는 자신 속에 잠재되어 있던 불안 ─ 정말 이대로 가다가는 죽도 밥도 안되는 거 아닌가 하는 ─을 보았다. 그리고 오늘 약간의 혼란을 느끼면서도 ─ 집을 내놓은 게 남편의 적극적인 의사 표시라는 ─ 자신의 고집에서 벗어 나오지 못하고 있었다. 남편 김정태가 자식 문제에 틈입하기 시작하는 것부터 익숙하지 않은데다 자신부터가 공무원 시험을 준비시키는 것 말고는 아무것도 염두에 둬본 게 없었기 때문이었다.

"여보."

김정태가 불렀을 때 정문숙의 눈이 충혈되어 있었다. 예순이 내일인 아내의 눈에 솟아나는 눈물을 보며 김정태는 지금 자신이 무슨 짓을 하고 있나 하고 제 가슴을 치고 싶었지만 자신마저 회피해서는 안된다고 다짐했다. 무엇보다 이대로 가다가는 언제 덜컥 아내에게 큰 병이 소리도 없이 달려들지 몰랐다. 잠을 자다 뭔가 짚여 눈을 떠보면 아내가 나직이 한숨을 쉬고 있을 때가 한두번이 아니었다.

"여보, 다르게 한번 생각해보자구. 우리가 뒷바라지해줄 형편이 안된다면 애가 지금처럼 저럴까? 벌써 다른 직장 구하고, 뭐라도 했을 거야. 그런 생각을 해본다면 지금이라도 공불 중지시켜야 돼."

정문숙이 붉어진 눈길로 김정태를 쏘아보았다.

"이렇게 사는 게 잘못됐단 말이야? 아등바등 애써서 자식 뒷바라지하는 게 잘못이란 말이야?"

"당신이 앞서서 힘들게 이룬 지금 우리 사는 게 왜 잘못이야? 아니지. 자식에게 더 나은 데로 올라가라고 한 것도 잘못일 리는 없지. 다만, 타성에 젖어 있다는 것이잖아. 애가 자립심이 없어진 게 아닌가 그 말을 하는 거지. 당신도 말뜻을 알면서 왜 다른 말을 해."

김정태가 얼른 덧붙였다.

"서운하고 화도 나겠지. 그렇지만 그런 맘을 털어내지 않고서는 문제가 해결 안되니 자꾸 얘길 하는 거지."

"그만해요. 나도 괴로워."

정문숙이 말을 이었다.

"나도 당신만큼 힘들어. 나도 당신만큼 헤아리고 있어. 아니다 싶기도 하고 방향을 바꿔야지 하는 생각이 들 때도 있어. 그렇지만…… 아깝고, 두려워. 그래서 지금 당장은 어쩔 수 없어."

정문숙이 욕실로 들어가는 걸 지켜보다 김정태는 목이 막히는 듯해서 주방으로 가 물을 마셨다. 무언가 치미는 듯했지만 그는 물을 더 마시고 침을 몇번 삼켜 밀어넣었다. 그가 외출복을 입고 나왔을 때 정문숙은 부엌에서 설거지를 하고 있었다. 탁자 위는 어느새 말끔히 치워져 있었다. 김정태가 뭐라고 말을 붙이려 할 때 정문숙의 아이폰에서 착신음이 울렸다. "네…… 양산 땅……"

사흘 뒤 아침에 정문숙은 미역국을 끓였다. 남편 김정태의 생일이었다. 저녁은 부부가 밖에서 먹었다. 케이크가 온 것은 밤 열시가 지나서였다. 칠레산 포도주 한병과 함께였다. 정문숙이 문자를 두번 보내고 돈 5만원을 이체한 결과였다. 초에 불을 켜고 두사람이 박수를 치며 노래를 불렀다. 같은 멜로디에 생일과 생신, 당신과 아버지라는 노랫말만 엇갈렸다. 세사람은 포도주를 마시며 케이크를 먹었다. 부부가 오늘은 어떤 일이 있더라도 조용히 지내자고 다짐했기에 김정태가 즐겨보는 여행 채널에 시선을 두고 같이 앉아 있었다. 잔 하나에 술이 자주 따라지고 해외여행 프로그램 하나가 끝나자 채널이 호러 영화로 돌려졌을 때 김정태가 결국 참지 못하고 일어났다. 아내가 채널을 두고 아들을 꾸짖는 소리를 들으며 그는 산책을 나간다면서 파커를 찾아 입었다.

아파트 단지 사이를 잇는 텅 빈 산책로를 바람이 쓸고 다녔다. 그는 입을 벌려 목구멍 가득 찬바람을 가슴속에 쓸어넣었다. 김정태가 견딜 수 없는 것은 자기까지 포함해서 가족 모두 어딘가에 간혀 있다는 사실이었다. 가슴이 더 아픈 것은 간혀 있다는 걸 분명히 알면서도 누구 하나 아무런 조처를 취하지 못하고 있다는 점이었다. 아이는 지금 시험에 합격하기 어렵다는 걸 스스로 알고 있음에도 그것에 매달리고 있다. 아내는 자신의 로망이 끝났음을 잘 알면서도 그 욕망의 관성에서, 자존심의 덫에서 벗어나지 못하고 헤매고 있다. 한동안 자식 문제로부터 벗어나 있었기 때문인지, 협심증이 왔다는 걸 알게 해준 자각증세 덕분인지, 그래도 가장 객관적으로 사태를 보고 있다고 할 수 있는 그 자신조차 제자리를 맴돌고 있었다.

김정태는 자신의 생일날, 한걸음이라도 나아가고 싶었다. 두려워서 내뱉지 못한 목구멍 너머 깊숙한 그 무엇. 그의 목구멍에서 터져나온 말은 '괴물'이란 말이었다. 괴물을 키운 거야. 그리고 잠시 뒤 '괴물들'이라고 내뱉었다. 뒤엣말이 수월하게 나온 것은 앞의 말에 딸려 나와서라기보다는 아내 정문숙은 물론 김정태 자신도 그 말 속에 속해 있다는 걸 알았기 때문이었다.

패가 뭔지는 몰라도

말임씨는 싱크대 안쪽 맨 아래칸에서 찾아낸 보온 죽통을 씻어 마른행주로 닦았다. 불 옆에 서서 죽을 젓는 일도 힘들었던데다 한동안 쓸 일이 없었던 보온 죽통을 찾느라 찬장과 선반을 죄다 뒤져야 했다. 국자로 죽을 뜨자 고소한 냄새가 퍼져 올라왔다. 말임씨는 옮겨 담다 죽이 묻은 보온통 밖을 행주로 닦으며 소파에 앉은 영감을 흘깃 바라보았다. 자신이 오후 내내 주방을 맴돌고 죽 냄새가 집 안을 떠도는 데도 영감은 고개 한번 돌리지 않았다. 부엌일에 아예 관심이 없어 허리 아픈 마누라가 왜 두시간이나 서 있는지, 죽은 또 왜 끓이는지 물어볼 리도 없었다. 입이 까다롭지 않고 내놓는 찬은 무엇이든 맛나게 먹어주는 영감이지만 지금 말임씨에게 그런 식성은 하나도 고맙지 않았다.

오늘도 영감은 두시 전에 들어와서는 자기 방에서 한숨 자고 나와 여태껏 거실을 차지하고 있다. 하루 전만 해도 한 소리 했겠지만 말임씨는 입을 꾹 다물고 땀만 흘렸다. 음식만큼은 남의 손을 잘 빌리지 않지만 이번에는 꼭 자기 손으로 해야 할 사연이 있었다. 제법 큰 죽통을 채우고도 냄비에는 반 넘게 죽이 남았다. 말임씨는 다시 한번 영감을 힐끔거리고는 따로 뜰 국그릇을 찾았다.

"전복죽 잡수소. 내 잠시 나가요."

말임씨는 죽과 물김치가 얹힌 쟁반을 소파 앞 탁자에 놓았다. 영감이 텔레비전 소리를 얼른 낮추며 고개를 끄덕였다. 말임씨도 난청이 시작되고 있었지만 영감은 정도가 심한 편이었다.

말임씨가 옷을 갈아입은 뒤 죽통이 담긴 천 가방을 들고 현관으로 나서자 자동인형처럼 영감이 일어났다. 문을 잠그러 나오는 것이었다. 신을 신고 가방을 손에 드는 동안 아무 말 없이 우두커니 서 있는 영감을 보자 말임씨는 '내가 죽 끓여서 어디 가는지 한번 물어나 보소'라고 내뱉고 싶은 심정이었다. 오랜만에 전복죽 끓여 문병도 가고 집에서도 먹게 된 게 모두 영감 덕분이지만 정작 본인만 모르고 있는 것이다.

밖으로 나오자 나뭇잎을 흔들며 살랑대는 바람이 불 앞에 붙어섰던 동안의 더위와 짜증을 조금이나마 씻어주는 듯했다. 아파트가 오래되다보니 수목이 무성했다. 분양받아 온 지 벌써 삼십년이 넘고 있었다. 자식들이 떠난 뒤로 집을 줄인다 어쩐다 하다 그냥 주저앉아 나이만 먹어갔다. 그러다 어느 때부턴가 늘그막에는 살던 환경을 바꾸지 않는 게 좋다는 소리들이 크게 들려오기 시작했다. 이 동네에서 알고 지내던 비슷한 연배의 이웃들이 초고층 새 아파트로 옮겨가고 나서 잘못되었다는 소리를 자주 들었다. 자식들 따라 이사를 갔다가 문을 열고 들어오는 일이 너무 어려워서 20층, 30층 구름 위의 방에만 갇혀 지내다 갔다는 소리였다. 나이 들어서는 집을 새로 짓지 않는다는 옛말이 하나 그르지 않다는 생각까지 하게 되었다.

그렇지만 막상 이렇게 죽까지 쑤어들고 남의 집을 찾아가는 자신을 생각하니 나이 먹어간다는 게 무섭기는 했다. 일주일 전쯤부터 하나에서 열까지 말임씨의 머릿속은 영감 생각뿐이었다. 영감이 늦게 나가고 일찍 들어온 처음 며칠은 몸이 어디 불편한가 했는데 아예 일과로 굳어갔다. 추운 겨울에도 영감의 하루 시간표는 아줌마가 오는 날이든 아니든 상관없이 아홉시 조금 지나 집을 나서 경로당에서 놀다 사람들과 어울려 점심을 사 먹고는 다시 경로당, 그리고 한시간 정도 산책을 하고는 다섯시쯤에 귀가했다. 입주자 대표 회의실과 같이 쓰는 경로당은 건물과 시설이 제법 번듯한데다 관리도 잘되고 있었다.

"요새는 와 늦게 나가고 일찍 들오요? 감기가 든 것도 아닌 것 같은데."

영감의 바뀐 시간표를 한 사흘 지켜보다 말임씨가 물었다.

"사람들이 어디 늘 많이 나오나."

처음 대답은 빨리 나왔다.

"그래도 바둑 두는 사람은 따로 있을 거 아니요?"

두번째 물음에 영감은 입을 닫고 신문을 집었다. 아침에 보고 저녁 먹기 전에도 뒤적인 신문이었다. 말임씨는 당장 이 양반 봐라, 싶었다. 난청이긴 하지만 듣고 싶은 말은 수월하게 골라 들으면서 대꾸하기 싫거나 마음에 들지 않는 말은 못 들은 척한다는 걸 알고 있는 말임씨였다.

그날은 그쯤 하고 말았지만 영감의 바뀐 시간표가 모든 걸 흩트려놓고 있었다. 당장 도우미 아줌마부터 불편해했다. "이번 여름이 덥긴 덥었나보지예. 할아버지가 기력이 많이 떨어지셨네예." 처음에는 늦게 집을 나서는 영감을 보고 그런 인사말을 하던 아줌마도 며칠이 지나자 언짢은 표정을 숨기지 않았다. 영감이 방에 누웠으니 청소 순서도 엇갈리고 시간도 지체되었던 것이다.

오전은 어쨌거나 아줌마 때문에라도 집을 나갔지만, 아주머니가 떠나길 기다렸다는 듯이 두시도 안돼서 들어와서는 베란다와 부엌을 들락거리며 잔소리를 늘어놓고는 거실 소파를 차지하고 앉아 텔레비전 소리를 높였다. 말임씨 나름의 일상이 온통 헝클어져버렸다.

그러던 차에 열쇠 사건이 있었다.

외출하려던 말임씨가 열쇠를 찾았는데 제자리에 없었다. 그녀가 들고 다니는 열쇠는 텔레비전 옆의 덮개 없는 자개함에 늘 놓아두곤 했다. 어제 들고 나간 가방도 뒤지고 수첩과 도장, 손톱깎이 등 손을 자주 타는 잡동사니를 넣어두는 서랍들도 열어보았다. 비상용이라 할 수 있는 여분의 열쇠가 있기는 했지만 그마저 눈에 띄지 않았다. 나이가 든다는 건 모든 게 단순해진다는 소리였다. 필요한 물건은 있던 자리에 늘 있어야 했다.

말임씨는 마음이 바빴다. 격일제로 쓰는 아줌마가 오지 않는 날인데다 모임에서 점심을 살 차례였다. 하는 수 없이 경로당에 전화를 냈다. "안 나왔어요." 영감이 집을 나간 지 한시간이 훨씬 넘었을 때였다. 말임씨는 동 호수와 이름을 다시 말했다. "안 나왔습니다." 같은 답이었다. 겨우 한마디를 하면서도 느릿하게 잔뜩 점잔을 빼는 목소리에 부아가 솟았다. 시계를 보자 속에서 불이 나고 손에 쥔 핸드폰은 성미만 돋우었다. 영감이 이놈만 갖고 있다면 쉽게 해결될 문제였다. 자식들이 사준 핸드폰을 영감은 챙기기 귀찮다느니 쓸 일이 없다면서 몇년을 버려두었고 결국 번호를 없앴다. 베란다에서 텅 빈 주차장을 내려다보며 화를 끓이던 말임씨는 결국 작정했다. 그냥 나가자. 훤한 대낮에 영감 할멈 둘만 사는 6층까지 기어이 찾아 올라올 도적놈이 있다면 그놈도 딱한 놈일 것이었다.

식사를 하고 집에 전화를 내니 덜컥 영감이 받았다. 반가웠다. 경로당에는 가지 않고 어디서 시간을 보내다 점심만 먹고 왔는지 그런 건 뒤에 물어볼 문제였다.

집에 들어서며 영감과 말임씨는 동시에 말을 내놓았다.

"문도 안 잠그고 나가몬 어짜노."

"내, 쇳대 못 봤소?"

"쇳대?"

영감이 생각을 더듬더니 목소리를 높였다.

"잠깐 나간 기 아이고 쇳대가 없어서 그냥 나갔다가 지금 들온단 말이가?"

서부 경남 출신인 두사람은 열쇠를 언제나 쇳대로 불렀지만, 지금 말임씨에게 중요한 건 자기가 문을 열어놓고 나간 일을 두고 영감이 화를 낸다는 사실이었다. 나이가 들어서도 고쳐지지 않는 게 그놈의 불뚝성이었다. 평소 때는 유순하다가도 한번씩 성질을 내면 아주 고약한 게 초계 정씨 집안의 물림이었다.

"당신 들어오기 조금 전에 나갔으니 딴 걱정 할 거 없소. 내 쇳대도 찾아야 하지만 여분으로 해둔 거는 또 어데 있소? 그것부터 찾아내야지."

다행히 영감은 고함을 지르지 않고 묻는 말에 답만 했다.

"그거야 신발장 우에 있지."

그 말만 던져놓고 영감은 자기 방으로 들어가버렸다. "복사부터 해오소!"라는 말임씨의 말은 영감의 뒤통수에 대고 한 꼴이었다. 말임씨는 여분의 열쇠가 신발장에 있다는 걸 들어본 적도 없었다. 다시 한번 부아가 난 건 신발장 맨 위칸이 손이 닿지 않아 식탁 의자까지 끌어내어야 했기 때문이었다. "문밖으로 재물 빠져나가지 말라고 부적 붙여놓는 것도 아니고, 이기 여기 들앉아 있으몬 무슨 소용이 있노." 말임씨가 구시렁댔다.

말임씨는 우선 여분의 열쇠를 자개함에 던져두고 옷을 갈아입었다. 그리고 차분한 마음으로 자기 열쇠를 다시 찾았지만 보이지 않았다. 한번 사라진 건 결국에도 없었다. 언제나 제자리에서 맴도는 물건이 어디 엉뚱한 데서 번쩍하고 나타날 리도 만무했다. 말임씨가 제일 겁나는 건 혹시 자기가 문을 열고 들어오면서 열쇠를 그대로 꽂아둔 채 들어오지 않았을까 하는 것이었다. 구멍에 꽂아둔 채 문이 제대로 닫기는지 아닌지를 따지는 건 다른 문제였다. 오늘 점심자리에서도 건망증이 화제였다.

말임씨는 이래저래 피곤했다. 그녀는 침대에 누워 잠시 눈을 붙이고 나서 거실로 나왔다. 영감은 문이 반쯤 열린 자기 방에도, 베란다에도 보이지 않았다. 복사를 하러 갔는가 하고 신발장에서 찾은 열쇠를 던져둔 텔레비전 옆 자개함에 눈길을 두던 말임씨는 깜짝 놀랐다. 열쇠가 놓여 있기는 한데 노란 매듭이 고리에 매달린 자기 것이었다. 이게 무슨 조화란 말인가. 말임씨는 얼른 의자를 다시 신발장 앞으로 끌고 갔다. 조금 전에 자기가 꺼냈던 열쇠가 본래 자리에 천연스레 걸려 있었다. 귀신이 아니라면 영감 짓이었다. 그리고 따져볼수록 자신이 좀처럼 들어가지 않고 오늘도 찾아볼 염두조차 내지 않은 영감 방에서 자기 열쇠가 나왔다는 결론이 났다.

영감은 저녁상을 차릴 즈음에야 나타났다. 손에 복사한 열쇠 하나가 달랑 들려 있는 게 열쇠점에 들렀다 산책까지 한 모양이었다.

"쇳대가 네개, 다섯개몬 뭐하요? 지 꺼 지가 쓰고 여분의 비상용이 어디 있는지 서로 알아야지. 그래, 내 쇳대가 와 당신 손에서 나왔소?"

영감은 아무 말 없이 복사해온 열쇠를 전화번호부와 손톱깎이 등이 든 서랍에 넣더니 화장실을 다녀온 뒤 밥상머리에 앉았다. 말임씨가 고쳐 물었다.

"내 첫대가 와 당신 방에서 나왔소?"

영감은 숟가락을 들고 간 보듯 국을 떴다.

"내가 당신 방에 첫대 둔 적도 없고, 요 며칠 사이는 문도 안 열어봤다 말이요."

국을 두숟갈이나 뜨면서도 영감은 묵묵부답이었다. 제때 입을 열지 않으면 그 자리에서는 다시 입을 열지 않는 것도 언제부터인가 새로 생긴 못된 버릇이었다. 영감이 숭늉까지 마시고 일어서며 말했다.

"나도 영 모르겠네."

말임씨는 두번 놀랐다. 아파 누웠을 때가 아니면 밥알 하나 남기지 않는 영감이 밥을 반이나 남겨놓았으며 '나도 영 모르겠네'라는 목소리에 힘이 하나도 들어 있지 않았기 때문이다. 말임씨는 그릇이 놓인 상은 그대로 둔 채 과일부터 챙기며 마음을 가라앉혔다. 열쇠 하나만의 문제가 아니었다. 경로당에 나가 있는 시간이 짧아진데다 오늘은 열한시가 넘었는데도 오지 않았다는 말까지 전화상으로 직접 들었으니 영감 신상과 열쇠 문제는 연관될 수도 있었다. 말임씨가 과일 접시를 소파 앞 탁자에 놓으며 자리에 앉았으나 영감은 텔레비전에서 눈길 한번 돌리지 않았다. 어제와 같이 KBS

1채널이었다. 그러고 보니 출입시간이 바뀌면서 영감이 즐겨 보는 바둑 프로를 잘 보지 않는다는 생각이 들었다. 말임씨는 긴장되는 마음을 다스리고 호흡을 가다듬었다.

"말 좀 하게 테레비 소리를 낮춥시다."

그녀는 리모컨을 찾아 쥐고 소리를 잔뜩 낮추었다.

"요새 경로당에 무슨 일이 있소?"

"사람들이 많이 안 나온다니까."

사과를 집으며 영감이 수월하게 답했다.

"바둑 두는 사람 한둘은 나올 거 아니요?"

영감이 경로당에서 바둑을 두면서 시간을 보낸다는 걸 말임씨는 오래전부터 알고 있었다. 바둑 상대 중에서 요즘 누가 아파서 나오지 않고 누가 이사를 갔다는 말을 영감에게서 듣고 있었다.

"그 누구요, 103동 안젤라씨 남편, 그 양반도 안 나오요? 전에 경로당 노인회 회장도 하고 안 그랬소."

"허, 거참. 누구 들먹일 것 없이 다들 잘 안 나온다니까 그러네."

"그래, 그건 알았소."

일과시간이 처음 달라졌을 때의 답과 똑같았지만 말임씨는 그쯤에서 물러났다. 영감의 말이 빨라지는 게 경로당 이야기를 더 하다 간 고함이 터질 것도 걱정이었지만 자신이 꺼낸 103동 안젤라에 대한 얘기를 하면서 그 부분은 따로 알아볼 궁리가 섰기 때문이었다. 말임씨보다 몇살 떨어지는 안젤라씨는 아파트에 오래 같이 살면서 알게 된데다 성당 교우이기도 했다. 안젤라씨에다 그 남편까지 생각하니 말임씨는 영감에 대한 부아가 솟구쳤다. 그녀 자신도 나이 들어 성당 출입을 했지만 영감은 끝내 자기를 짝교우에서 벗어나게 해주지 않았다. 벌써 다 털어버린 서운함이지만, 기억이 거기에 미치자 해준 게 뭐 있다고 지금 와서 애를 먹이느냐 하는 식의 감정에 휩싸이게 된 것이다.

말임씨에게 지금 영감에 대한 걱정은 두가지였다. 잘 나가던 경로당을 안 나가는 것도 걱정이지만, 어쩌면 열쇠 문제가 더 큰 문제일 수도 있다는 생각이 앞서는 건 건망증이나 그 말 뒤에 따라다니는 다른 말들 때문이었다. 우선은 자기 열쇠를 어떻게 해서 영감이 내놓았는지 그거라도 알는 봐야 했다. 말임씨는 최대한 감정을 억제하면서 말했다.

"하나만 더 따져봅시다. 대답하기 싫으몬 가만있어도 돼요. 내 말이 영 틀리몬 그때만 한마디 하소."

말임씨의 머리가 재빠르게 움직였다.

"어제 저녁 먹고 분리수거하러 나갔지요?"

영감은 아무 말도 않고 죽은 화면만 보았다. 분명히 어젯밤에 영감이 저녁을 먹고 큰일이라도 치르는 양 종이봉투에 얼마 되지도 않는 신문지와 광고지 등을 챙겨 나가는 걸 말임씨는 두 눈으로 똑똑히 보았었다.

"그건 틀림없는 기고, 오늘 아침에는 언제 나갔소? 내보다 먼저 나갔지? 그래서 내가 쇳대 땜에 야단을 쳤지……"

말임씨는 혼자 자문자답을 하며 앞뒤를 꿰맞추어갔다.

"그라몬 어젯밤 아니몬 오늘 아침에 나가면서 내 쇳대 들고 나갔네요."

말임씨가 그런 답을 내놓을 수 있는 것은 영감의 몹쓸 습관 때문이었다. 밖에만 나갔다 하면 무조건 문을 잠그는 나쁜 버릇을 영감은 갖고 있었다. 말임씨나 아줌마가 집에 있는 걸 뻔히 보면서도 여지없이 찰각하고 문을 잠갔다.

"당신 호주머니에 쇳대를 넣어놓고도 내 끼 보이니까 들고 나간 거지요?"

'무심결에'라는 말을 어딘가에 끼워넣어야 했다는 생각은 뒤에 들었다.

"아이구, 그리된 거구나."

말임씨 입에서 절로 탄식이 흘러나왔다.

"귀신 아니면 당신인데 귀신이 어데 건망증이 들 리 있나. 진작부터 번호키 하잤더니 별 핑계 다 대더만. 그것도 결국……"

말임씨가 얘기를 이어가는 동안 영감 입에서 아니지, 그게 아니고, 하는 소리는 끝내 나오지 않았다. 귀신과 건망증이란 말에다 번호키까지 들먹이는데도 영감은 입을 굳게 다물고 죽은 화면만 보고 있었다.

이 집 저 집 모두들 번호키로 바꿀 때였다. 성격 탓인지 연속극을 좋아해서인지 말임씨는 세상 변화를 잘 따랐다. 말을 꺼내자 영감이 번호 몇개 콕콕 누르면 열리는 게 미덥지 못하다며 억지를 부렸다. 열쇠 들고 나가는 것도 귀찮고 잃어버릴 수도 있다는 자기 말에 영감이 이렇게 답한 걸 말임씨는 분명히 기억했다. "쇳대만 잊아뿌고 번호는 안 잊아뿌라는 법이 있는가." 그러고 보면 영감은 그때부터 치매 걱정을 하고 있었는지도 몰랐다. 말임씨는 묵묵부답인 채 얼어붙어 있는 영감 얼굴 쳐다보기가 무서워 일어서고 말았다.

다음 날 말임씨는 상가 2층의 수입품 가게를 찾았다. 지금은 다소 뜸하지만 한동안 단골이었던데다 어제 떠올렸던 안젤라씨의 딸이 하는 점포였다.

"어서 오세요. 오랜만에 오셨네예."

"그렇제. 집의 어머님은 잘 계시나? 근래에 성당서도 잘 못 본 것 같은데."

"그렇지예. 시골 갔다 오시다 접촉사고가 나서 병원에 잠시 입원하셨다가 얼마 전에 나오셨어예. 항생제 때문인지 요즘은 위장이 안 좋아 좀 힘들어하시네예."

"아이구, 그랬구나. 큰 고생 하네."

안부를 묻는 김에 말임씨는 한걸음 더 들어가고 말았다.

"그래, 아버님은 어떠시노? 경로당에도 잘 나가시고?"

"어머니 퇴원하시고는 그러시지 싶은데예. 매일이야 저도 모르지만."

"그래, 그렇겠지……"

소식을 제대로 알았으면서도 말임씨는 힘이 빠지는 기분이었다. 지난밤, 말임씨는 잠을 조금 설쳤다. 곰곰 생각해보니 열쇠 사건이야 좀더 지켜보면 한순간의 건망증인지 뭔지 알게 될 터이지만 더 큰 문제는 영감의 출입이었다. 집에 있으니 당장 자신이 불편하고 아줌마 보기 뭐하지만 이 길로 뒷방 차지하고 혼자 우두커니 보내는 시간이 많아지면 어떻게 된다는 걸 그녀는 잘 알고 있었다. 자식들 얼굴이 눈에 밟혔고, 잦은 병치레만큼 성질도 까칠한 큰며느리도 생각났다. 어쨌든지 영감을 제자리로 돌려보내야 했다. 그 일을 할 사람은 자기 자신이고, 지금 이 자리가 그 일의 시작이라는 생각에 말임씨는 힘을 냈다.

"들은 김에 병문안을 가야겠네. 뭐 좀 물어볼 거도 있고. 103동 몇호고? 듣고도 까먹었네. 적는 김에 집 전화번호도 좀 적어주고."

미제 비타민과 일제 소화제를 한통씩 집은 뒤 말임씨가 말을 보탰다.

"우리 집의 영감님이 아프지도 않은데 경로당엘 잘 안 나가. 사람이 많이 안 나와서 그렇다는데 그럴 리가 있나 말이지. 전에는 아버지하고 다른 몇이 바둑 두다 다섯시나 되어서 들어왔는데 무슨 일이 생기지 않고서야 점심만 먹고 바로 들어올 리가 있나."

"그래예? 그래서 아버지 소식도 물으셨구나. 손님도 없고 한데 지금 여기서 바로 전화하이소."

안젤라씨 딸이 전화기를 들었다.

다음 날, 103동 안젤라씨 전화를 받은 말임씨는 깜짝 놀랐다.

"얼마 전에 형님 바깥어른이 바둑을 두다 바둑이 다 끝나지도 않았는데 판을 확 쓸어버리고 나간 뒤로 경로당에 안 나오신답니다."

뒷말은 이랬다.

"팬가 뭔가 생겨가지고 돌 놓는 순서 갖고 다투다 그리됐다는데, 상대가 늘 같이 바둑 두는 사람이라 옆에서 다들 놀랐다네요."

옆에 있던 다른 사람들도 놀랐다는 말은 집의 영감이 전적으로 잘못했다는 뜻이었다. 말임씨는 열쇠 사건 때 '나도 영 모르겠네'라고 맥을 놓던 영감의 실토를 들은 때보다 더 아득한 심정이었다. 패가 뭔지는 몰라도 어쨌든 바둑 놓는 순서를 까먹은데다 화까지 내며 바둑판을 쓸어버렸다니 낭패치고는 큰 낭패였다. 판 위의 바둑돌을 쓸어버리고 나갔다는 말이 말임씨에게는 자주 듣던 장기판을 뒤집어버렸다거나 밥상이나 술상을 엎어버렸다는 말로 들렸다. 바둑판이란 게 들기 무거워 그렇지 저지른 짓으로 본다면 하나도 다를 바 없을 것이다. 말임씨는 열아홉부터 지금껏 지겹도록 살아온 영감에게 자기가 모르는 고약한 구석이 있었나 싶어 가슴이 마구 뛰었다. 그러나 아무리 따져보아도 영감이 정말 아주 못된 성질머리를 갖고 있지는 않았다. 불뚝성이란 게 느긋하지 못하고 성질이 급해서 본인이 손해를 보았으면 보았지 남을 나쁘게 하는 건 아니니 이번 일하고 딱 맞아떨어지는 건 아니지 싶기도 했다.

어쨌거나 영감이 경로당에 나가지 않고 있으며 왜 그렇게 되었는지까지는 알았지만 일을 어떻게 수습해야 할지는 막막했다. 힘없이 내려놓은 전화기와 벽에 싸인펜으로 크게 적어놓은 자식들 전화번호를 물끄러미 바라보다 말임씨는 고개를 저었다. 진작부터 말임씨의 마음 한구석에서는 '합가'라는 말이 굼틀대고 있었다. 자칫 잘못하다가는 이번 일이 자식들 입에서 합가 문제를 거론하는 것으로 번질 수도 있겠다 싶었다. 다 늘어서 뒤늦게 며느리 눈칫밥 먹는 일만은 한사코 피하고 싶은 게 말임씨의 바람이었다. 영감을 살리는 일은 곧 자신을 살리는 일이었다. 말임씨는 지체하지 않고 103동 전화번호를 다시 눌렀다. 좀더 구체적으로 알아봐야겠지만 해결방법을 자기 손으로 찾아야 했다.

벌써 아이들 하교시간인지 교복 입은 애들이 재잘대며 말임씨를 앞질러 갔다. 안젤라씨 남편이 오후에 볼일이 있다고 해서 잡은 시간이 다섯시였다. 일흔이 넘으면 순서대로 저세상 가는 것도 아니니 나이 따지는 일이 소용없다 하지만 출입으로 보면 그렇지도 않았다. 말임씨가 영감 일에 이렇게 다급하게 나선 것은 모임이란 모임이 시나브로 언제 다 끊어져버렸는지 모르게 끊겼기 때문이었다. 경로당에 출입하는 거 말고 영감이 나갈 데는 아무데도 없었다. 그런 형편의 영감이 사고를 쳤으니 제일 답답한 건 그래도 영감 자신일 것이었다. 집으로 돌아오는 학생들을 보며 사고라는 말을 떠올리니 셋째가 생각났다. 몇 자식을 키워도 애를 먹이는 자식은 정해져 있었다. 몸이 아프다며 한 이틀 학교를 빼먹으면 반드시 사고를 친 뒤였다. 아침에 가방 들고 나갔는데도 담임이 다른 애를 집으로 보내 며칠째 무단결석을 하고 있음을 알렸다. 직장 나가는 영감보다는 아무래도 말임씨가 더 자주 학교를 찾아갔다. 열번을 찾아가도 빈손으로 갈 수는 없었다. 담임과 학생주임에게 봉투를 건네고 어떨 때는 피해학생 집까지 찾아간 적도 있었다.

말임씨는 손에 쥔 죽통이 갑자기 무겁게 느껴졌다. 영감이 사고를 쳐서 자신이 지금 안젤라씨 집으로 가고 있다는 건 뺄 것도 더할 것도 없는 명백한 사실이었다. 말임씨는 치미는 화를 누르며 느려지는 걸음을 다잡았다. 자식들이야 애를 먹이며 클 수도 있고 그게 약이 되지만 다 늙어서 친 사고는 고스란히 독이었다. 여든 나이에 내일 간다 해도 어쩔 수 없이 보내야겠지만 애를 먹이고 가서는 안될 일이었다. 무엇보다 영감 자신을 위해서도 지켜볼 꼴은 아니었다. 말임씨는 죽통이 든 가방을 힘주어 움켜쥐고는 103동 입구 앞에 섰다.

나흘 뒤 아침이었다. 열시가 되기 전부터 서두르는 영감을 말임씨는 아무 말 없이 지켜보기만 했다. 옷을 새로 찾아 입어서인지 신수도 말끔해 보였다. 기색은 사실 어제저녁부터 좋았다. 여섯시쯤 전화가 걸려와 영감을 찾았다. 난청이 심해지면서 말임씨나 아줌마가 있을 때에는 절대 먼저 전화기를 들지 않았다. 영감은 누구냐고 묻지도 않고 떨떠름하게 수화기를 건네받았다. 그러고는 "네, 안녕하세요. 네, 네, 그렇지요. 그러지요. 그래야지요"라는 말을 하고는 전화기를 내려놓았는데 점차 얼굴이 펴이고 목소리에 힘이 들어가는 걸 말임씨는 놓치지 않고 살폈다. 안젤라씨 남편이거나 경로당 회장의 전화가 틀림없었다.

"오늘은 와 일찍 나가요? 아직 아줌마도 안 왔는데."

서두르는 영감 꼴이 반갑기도 하고 미워서 말임씨가 제풀에 입을 열고 말았다.

"나가야지."

"경로당 가요?"

"그럼 어데 가노."

말임씨 목소리가 높지도 않았는데 말이 술술 나왔다.

"귀가 안 들린다 캐도 들을 소리는 다 들리는가베요. 어제저녁에 누구한테 전화 왔소? 큰 소리도 아니더만 전부 다 알아들었지요?"

그게 다였다. 영감은 아무 유감 없다는 눈길로 말임씨를 쓱 한번 바라보고는 현관으로 나가 신을 신었다.

그저께 대전에 사는 셋째가 내려와 경로당을 찾아갔다.

처음에 전화를 내서 제 아버지 이야기를 했을 때 걱정스레 듣던 자식이 막상 집으로 내려오라고 하자 부산 사는 형도 있는데 왜 자기냐고 꽁무니를 뺐다. 말임씨가 미리 준비해둔 대꾸는 이랬다.

"애비 니, 학교 다닐 때 사고 치고 학교 안 나가고 그랬제? 이번 니 아버지 일이 뭐꼬? 사고 친 거 아이가. 니는 때린 아이들 부모 무섭고 선생 무서워서 학교 못 갔지만 니 아버지는 사고 치고 무안하고 미안해서 경로당 못 가는 거 아이가. 니가 와서 수습해라."

그리고 말임씨는 이렇게 매조졌다.

"니 사고 치고 다닐 때 당구장에다 기원에도 들락거렸제? 이번 니 아부지 사고도 바둑 두다 났으이 니가 적임자다."

아들이 주춤거리는 사이에 말임씨는 "근데, 패가 뭐꼬?" 하고 물었다. 그 순간에 꼭 물어야 할 것인지 아닌지는 모르겠지만 영감이 그놈의 패 때문에 바둑판을 쓸어버렸다니 진작부터 궁금했다.

안젤라씨가 그 말을 처음 전했고, 죽을 끓여 갔을 때 대면한 그 집 영감도 패를 썼다 안 썼다 하고 다투다 사달이 났다고 했을 뿐 정작 그놈이 무엇인지는 말해주지 않았다.

아들은 대뜸 "아, 그거요. 바둑 두다보면 흔히 나오는 모양인데" 하고 자신 있게 시작하더니 "그러니까 싸움은 정작 이쪽에서 났는데, 다른 쪽에다 단수로 계속 응수하게끔 하는 거예요. 좀 고약하면서도 재미있고, 하여튼 그게 오래 계속되면 서로 순서가 헷갈리기도 하지요……"라고 정말 헷갈리는 소리만 했다. 그래도 아들은 끝에 가서는 말임씨가 듣고 싶은 말을 해주었다. "그게 지금 중요한 건 아니고, 아무튼 내려갈게요."

물론 아들은 부산에 내려와서도 패가 무엇인지 말임씨에게 제대로 설명해주지 않았다. 뒤에 알게 되더라도 우선은 제 아버지에게는 다른 일로 내려왔다고 하자고 해서 경로당이며 바둑 이야기는 꺼내지도 않았다. 말임씨도 밤차로 올라가야 한다는 자식에게 좋아하는 추어탕 한그릇 먹여 보내기에 급급했을 뿐이었다.

영감이 등을 보이며 현관문을 열었다. 말임씨는 패란 놈이 다시 생각났지만 영감 등에 대고 물을 수는 없었다. 문이 닫기고 곧이어 철컥, 자물쇠 잠기는 소리가 났다. '저놈의 영감쟁이, 사람이 있는 거 빤히 보고 문을 잠가?' 패가 무엇인지는 몰라도 영감을 헷갈리게 하는 고약한 놈인 것만은 틀림없었다. 나이가 들면 모든 게 고약해지고 약점투성이가 된다. 열쇠를 주머니에 넣어두고도 다른 열쇠가 눈에 띄니 그걸 얼른 주워든 것도, 패를 썼느니 안 썼느니 헷갈리다 바둑돌을 쓸어버린 것도, 지금 나이에서는 왜 그랬는지를 세세히 따져 고치는 건 중요하지 않다. 일어난 일을 고스란히 받아들이고는 자존심이나 체면을 조금만 다치게 하면서 고약한 약점을 얼른 수습해 제자리로 돌려놓는 게 상수였다.

며칠 뒤 일요일 저녁에 셋째로부터 전화가 왔다. 마침 전화기 옆에 앉았던 영감이 수화기를 들었다. 주말 저녁에 걸려오는 전화는 대부분 자식들 것이었다. 몇마디 주고받더니 말임씨에게 넘겼다.

"요즘 아버님은 어떠세요? 경로당에는 잘 나간다 하시는데."

"그럼, 전처럼 잘 나가신다. 아침밥 잡숫고 나가서서 저녁때 들어오신다. 기운도 좋으시고."

"다행이네요. 우리 엄마의 정 일병 구하기가 성공했네."

"그기 무슨 소리고? 정 일병은 또 누고?"

"아버지지, 아버지! 미국 영화 중에 그런 제목이 있어요."

아들은 저번에 그녀가 알고 싶어했던 패를 제대로 설명하지 못한 것처럼 이번에도 저 혼자 아는 소리를 했다. 하지만 말임씨가 아들이 한 말뜻을 아주 못 알아들은 건 아니었다. 살아온 세월로 충분히 깜냥하고도 남았다.

"그래, 그래. 하여튼 다행이다. 이번에 니가 수고했다."

말임씨는 옆에 앉은 영감이 듣든 말든 수고했다는 말을 다시 한번 크게 했다.

"니가 큰 수고했다."

『병산읍지 편찬약사』에 붙이는 네개의 주석

양경언

1

소설이 과거의 어느 순간을 불시에 불러들인다 해서, 그 특정한 장면을 마치 작품 속 이야기의 '지금'을 일으킨 원인으로만 기능한다고 말할 순 없다. 소설이 상대하는 시간성이란 과거와 현재, 미래로 이어지는 일직선상의 단순한 흐름에 국한된 것은 아니기 때문이다. 소설에서 과거는 여러 시간의 형태들과 단절하지 못하고 현재와 연관됨으로써 미래를 다르게 말하는 길을 낸다. 가령 과거의 어떤 선택의 순간이 남기는 '선택되지 않은 시간'은 지금과는 멀어져버린 한때의 가능성으로, 다시 말해 현재 '당도한 시간'의 비교 대상으로 자리한다. 현재 상태에 갇힌 작중 인물이 (혹은 그를 읽는 우리가) 과거를 축으로 삼아 지금 삶을 어떻게 대하는지에 관한

태도를 세공하게 하는 것이다.

소설이 '지나간 시간'을 어떻게 활용하는지를 살피는 일은 이야기에서 진행 중인 '지금'의 형상화가 "서로 다른 시간에 서로 다른 가능한 세계들을 놓고 행해진 일련의 선택들을 반영"[1]한다는 것을 깨닫기 위한 방식이다. 부정하고 싶을 정도로 역한 과거가 있다 하더라도 그때마다 인물이 어떤 선택의 갈림길과 마주해왔는지를 헤아린다면, 소설의 '현재'는 인간이 우여곡절을 겪으면서 감당해낸 선택의 가능성이 만든 '미래'이자, 인간이 선택의 조건들과 어떻게 관계하면서 삶을 지속하는지를 증명해주는 보고이겠다. 소설은 시간이 벼려내지 못한 특정 순간까지도 이야기를 추동하는 가능성으로 끌어안으면서, 거기에 있는 삶들을 겹겹으로 들추어내 인간 표정의 복잡성과 해갈되지 않은 의미를 조명한다.

조갑상의 네번째 소설집 『병산읍지 편찬약사』에 수록된 단편들이 무언가를 더 말하기 위해 입을 열었다가 어느 순간에 이르러서는 더 말하지 않음으로써 오히려 형성된 리듬이 길게 이어지도록 두는 결론을 남기고, 이를 통해 주어진 '지금'만이 전부가 아니라는 인상을 빚어내는 배경에는 아마 방금 언급한 소설의 본성에 관한 오랜 물음과의 고투가 자리하고 있기 때문일지도 모른다. 소설은 역사 속에 파묻힌 과거 시간을 건조하게 복권함으로써가 아니라 그 시간을 겪어 온 인간 개인의 삶을 피하지 않음으로써 소설적

---

1) 퀜틴 스키너 『역사를 읽는 방법』, 황정아·김용수 옮김, 돌베개 2012, 26면.

진실의 순간을 맞이한다. 그렇다면 조갑상에게 '지나간 시간'이란 비유컨대 인간이 '현재'라는 태양 아래에서 자신의 발밑으로 드리우는 그림자이자 (지금 이 순간 어떤 자세와 각도로 있는가에 따라 그림자의 형태는 수시로 변할 것이다), 인간이 태양 아래에서 '인간'으로서 제대로 설 수 있도록 만들어 주는 지렛대일 것이다. (이는 인간을 직립하게 만들기도 하고, 때때로 직립 보행을 방해하는 짐이 되기도 한다)

흘러가는 시간을 붙잡을 힘도, 거꾸로 돌릴 힘도 없으면서 인간은 어떻게 감히 시간을 상대하며 계속 사는가. 소설은 왜 자꾸 거대한 시간 속으로 떠밀려가는 인간의 얼굴을 건지려는가. 이는 조갑상이 조명하는 삶들이 품은 표정의 입체를 끝내 잊지 못해, 그를 어떻게 이해할지 고민하는 이 글이 내내 염두에 둔 과제이다.

2

'보도연맹 사건'은 과작의 작가가 오랜 세월에 걸쳐 발표한 작품들 중 몇몇에서 중요하게 다뤘던 테마이자 (단편「사라진 하늘」,[2] 「어느 불편한 제사에 대한 대화록」,[3] 장편『밤의 눈』[4]), 이번 작품집에서도 어김없이 세편의 소설(「해후」, 「병산읍지 편찬약사」, 「물구나무서는 아이」)에 등장하는 역사적 사건으로, 작가는

---

2) 조갑상『다시 시작하는 끝』, 산지니 2015.
3) 조갑상『테하차피의 달』, 산지니 2009.
4) 산지니 2012.

오랫동안 문학이 이 사건을 어떻게 감당하는지에 관해서 성실하게 응답해왔다.

보도연맹은 "1948년 12월 국가보안법 시행 이후 좌익 쪽에서 활동했던 사람들을 전향시켜 이들을 보호하고 인도한다는 취지로 조직된 관변단체"(64면)인데, 이승만 정권은 이 조직을 확대하기 위해 "의무가입 대상을 광범위하게 규정"하면서 "좌익과 무관한 국민들"(64면)을 다수 가입시켰다. '보도연맹 사건'은 거기에 이름이 올라간 비무장 민간인들이 한국전쟁이 발발하자 군경에 의해 예비검속이라는 명목으로 추정상 20만명 정도가 학살당한 일이다. 억울하게 죽은 이들뿐 아니라 그들의 가족, 마을 공동체의 사람들과 그 다수의 사람들이 자신이 겪은 일을 제대로 전하지 못하고 침묵해야만 했던 긴 세월까지 헤아린다면 사건이 낳은 피해규모가 상당하다. 군부독재 시기에는 피해자를 '사상범'으로 몰아세우고 그와 관계한 이들을 '빨갱이'로 낙인찍어 죽음에 대한 말조차도 묵살했고, 다행히 "2009년 정부 산하의 과거사정리위원회에 의해 조사가 광범위하게 이루어"(65면)지면서 보도연맹 사건의 진상에 대한 실마리가 수면 위로 오르기 시작했지만, 그럼에도 오랜 시간 동안 사건과 연루된 사람들이 무엇을 하며 어떻게 살았는지, 아무리 사건의 책임주체를 따지는 일이 금기시되었다손 어떻게 그 많은 사람들의 죽음이 한꺼번에 제대로 대접받지 못하는 일이 벌어졌는지 등에 관해선 여전히 알려지지 않은 것이 많다.

이쯤에 이른다면 보도연맹 사건은 우리가 명약관화하게 겪은 일이라 할지라도 이데올로기에 의해 편집될 수 있고, 그렇게 편집된 역사가 마치 일어난 일에 대한 해명의 전부인 것처럼 사람들에게 받아들여진 사례 중 하나라고 말할 수도 있을 것이다. 그러나 조갑상의 소설이 보도연맹 사건을 다룰 때, 작가는 거기에만 머물지 않는다. 작가가 꾸준히 착목해왔던 방식이란 보도연맹 사건을 추상화하고 개념화하는 시도를 거부하면서 어떤 이들에겐 살아있는 진실이었을 이 사건을 삶의 원체험 자체로 살리는 시도에 해당하기 때문이다. 더욱이 이번 소설집에서 작가는 보도연맹 사건과 연루된 여러 위치의 삶을 다양한 시간대로 조명함으로써, 편집된 역사를 상대하는 소설의 시선은 어디를 향하는지, '가해'와 '피해'라는 이분법적인 편 가르기만을 사건의 전말이라 할 수 없다면 주어진 시간에 책임을 다하는 방식이란 무엇인지, 사라진 입들의 현장을 가로지르는 소설은 과연 어디까지 나아가서 말할 수 있는지를 심문하는 듯 보인다. 오늘 우리가 만난 조갑상의 소설은 이전보다 더 냉정하고 엄격하게 역사를 상대한다.

그중 이번 소설집의 표제작이기도 한 「병산읍지 편찬약사」는 사건에 대한 은폐를 강요했던 몇십여년의 시간들과 그때부터 지금까지 여태껏 영향력을 행사하는 정치권력이 최근까지도 실제 역사 기술 과정에 개입하면서 진실을 소거하려는 상황을 정면으로 보여준다. '병산' 지역의 읍 승격 20주년을 기념하며 읍지를 펴내는 과정에서, '편찬위원회'는 보도연맹 사건 당시 해당 지역의 면장과 지서장의 노력으로 희생자를 줄일 수 있었다는 기록을 문제 삼는

다. 급기야 이들은 "대한민국 군경이 죄 없는 양민을 학살했다는" 사실이 기록 증거로 남겨질 때의 부담을 당시 지서장의 "명령 불복종"(70면) 문제로 소급하여 받아들이면서, 담당 필자였던 '이규찬 교수'에게 보런 사건 당시 병산에서 있었던 일을 축소시켜 기록할 것을 요구한다. 이 과정에서 소설은 의견을 교환하는 사람들이 어떤 표정을 지으며 서로의 의중을 살피는지, 의견을 표할 때 활용하는 단어는 무엇인지까지 섬세하게 포착하면서 공적인 기록의 역사란 그것이 자리 잡기까지 인력과 척력이 치열하게 경합을 벌이는 쟁투의 장임을 보여준다. 특히 여러 차례 자신의 원고를 살피던 이 교수가 수정 요구를 거부하겠다는 판단을 내리며 외친 "이런, 제기랄!"(84면)이라는 단말마는 편찬위원회가 기록물에 대한 수정을 "간명하게 처리"(72면)하는 방식이라고 표현했던 바와 대비된다. 저 짧은 외침에서 제도정치권이 통치의 수단으로 활용하기 위해 역사를 '처리'할 대상으로 받아들이는 상황을 '이게 할 짓인가' 하고 부정하는 이의 심정이 전해지기 때문이다. 이는 한 역사학자 개인의 자존감이 얼마만큼 무너졌는가의 문제를 떠나, 역사학자로서 직감하는 비관적 상황에 대한 절망에 해당할 것이다. 여기서 독자는 이 교수가 제도정치권의 요구를 단호히 거절하고 진실을 추구하는 자리에 서려고 할수록 그가 짚은 진실에 관한 기억은 지워지고 마는 아이러니를 본다.

편찬위원회의 태도를 거북해하며 이 교수가 작업에 협조하지 않는 사이에 편찬위원회가 원하는 방향대로 기록이 (심지어는 필자들의 이름을 가린 채) 발간되고, 지역 국회의원을 비롯한 삼봉·병산 지역의 주요 정재계 인사들이 식당에서 일의 마무리를 치하하며 해단식을 가졌다는 소설의 결론은 그래서 더욱 서늘하다. 이 장면은 마치 거론된 사건에서 활약했던 지서장이 경찰조직을 떠날 수밖에 없었고, 이 교수가 필자의 자리를 내려놓을 수밖에 없었던 것처럼 병산의 사연 역시도 편집이라는 '처리'의 과정만을 거쳐 제대로 평가받지도 못한 채 서서히 사라질 것을 예고하는 것 같다. 그러나 소설은 그에 대한 부연을 하지 않는데, 이는 '더 말해 무엇 하겠나'와 같은 냉소가 아니라 '더 말하지 않아도 독자는 알 것'이라는 당부가 담긴 여운을 남긴다. 우리는 저 서늘한 결말 앞에서, 역사에서 범해진 사건들을 과연 누가 책임질 수 있을지 그 소재를 따지는 문제까지도 서서히 사라지는 일이 빚어지는 작금의 현실과 동시에 마주친다. 소설에서 그리는 현재가 지금 우리 현실의 상황과 완전히 동일하지는 않겠으나 소설 속 읍지 편찬의 과정은 독자가 주로 맡는 목격자의 위치가 실은 사실을 감추는 데 대한 동조와도 같음을 보여줌으로써 현재 보도연맹 사건에 대한 의미화가 누구에 의해, 어떤 방식으로 이뤄지는지를 돌아보게 만드는 것이다. 이는 조갑상의 소설이 역사 그 자체를 생생하게 전달하는 데 능해서라기보다는 어쩌면 어느 특정한 시기에 은폐된 역사가 제시될 때 그 목적이 무엇인지를 탐구하는 자리에서 입을 여는 일을 더 중요시하기 때문에, 그리하여 역사를 특정한 프레임으로 편집하기 위해 마련된 선택의 순간들로부터 현재를 재구성할 줄 알기에 가능한 일일 것이다. 「물구나무서는 아이」는 그와 같은 문제의식을 한 사람의 삶으로 구체화한 이야기에 해당한다.

소설은 공산주의나 종북 문제에 대한 말다툼을 하던 중 심장마비가 와서 쓰러진 '김영호 씨'의 삶을 조명하면서 말년의 그가 어째서 희망버스 반대 입장의 프란카드를 흔드는 자리에 있었는지, 어떤 이에겐 사소한 말다툼이 왜 그에겐 몸에 무리가 올 정도로 중차대한 문제였는지를 되짚는다. 그의 '막힌 마음'은 보도연맹 사건 당시 기가 막힌 사연으로 아버지를 잃었던 과거로부터 기인하는데, 그로 인해 그는 "굴종과 병적 폭력성"(48면)으로 얼룩진 반공교육을 뼈에 새기는 것으로 생존전략을 취하게 되고 급기야는 자신이 일했던 공장의 사장이 자신의 아버지를 죽였다는 망상에 갇혀 제 손으로 사장을 간첩으로 몰아세우는 일까지 벌인다. 답답한 마음을 풀기 위한 방법으로 자신의 마음을 막히게 만든 그 상황을 직시하는 것이 아니라 물구나무서기를 선택한 김영호 씨는, 자신이야말로 역사적인 사건의 피해자임에도 불구하고 자신의 피해자성에 골몰한 나머지 (혹은 그 자신이 레드 콤플렉스에서 빠져나오지 못하도록 만든 숱한 조건들을 적극적으로 수용한 나머지) 사건을 일으킨 원인을 거꾸로 받아들임으로써 스스로의 삶을 합리화하고 어떤 사건이든지 간에 왜곡해서 바라보게 되었던 것이다.

자신의 삶에 통증을 안긴 시간들을 물구나무서듯 거꾸로 바라보는 김영호 씨의 모습은 요 근래 집회 자리에서 유독 '애국'을 외치며 '반공'에 대한 믿음을 표하는 '태극기 부대'의 삶을 떠올리게 한다. 그들이 어째서 "반공, 반공, 또 반공"(57면)을 외치게 되었는지를 살피기 위해 그들 한명 한명의 서사에 집중하는 일은 역사의 것이라기보다는 소설의 몫이라 할 수 있을 테다. 이를 테면, 그들이 가진 믿음의 형성과정을 명백히 틀렸다고 단정 짓거나 잘잘못을 가려내기 위해 그 믿음 자체를 추적하는 게 아닌, 돌이킬 수 없는 삶을 대신 돌아봄으로써 마치 풀리지 않는 매듭을 품은 채 살아야만 했던 한 사람의 내력을 상재하는 역할 말이다. 소설은 그를 통해 막힌 마음을 물구나무 자세로 풀어보려는 어떤 이들이 지금 세상의 구석진 자리로 내몰린 이유가 비단 그들에게만 있는 건 아니라고 말한다. 그 대신 '아버지'를 대신해서 출장소를 빠져나온 아저씨가 살아남기 위해 틀어막았던 여섯살 아이의 울음소리, 교육이라는 명분 아래 처벌로 은닉한 어떤 목소리 등이 수신자를 찾지 못하도록 허공에서 길을 잃게 만든 동안에 쌓인 헛된 시간이 어떤 이들을 거꾸로 돌려세우진 않았느냐고 묻는다. 「물구나무서는 아이」는 굽이치는 역사의 물결 속에서 인정과 정당성을 얻기 위한 끊임없는 싸움에 스스로를 내던져야 했던 한 사람을 목격하고, 가장 추상적인 사유체계라 할 법한 이데올로기의 동기들이 실은 얼마나 구체적으로 생의 갈피를 뒤흔드는지를 예민하게 잡아챈다.

3

손에 잘 잡히지도 않으면서 사람을 평생 허방에 가두기도 하는 추상적인 관념과 시간의 일을 구체적인 사람의 이야기로, 그러니까 사람들의 선택과 자기부정과 합리화와 그를 통해 이어지는 삶에 관한 이야기로 전환하는 일을 조갑상의 이번 소설들이 행한다고 했거니와, 소설에선 그를 감지하기 위한 방편으로 사회가 잊은 얼굴 형상을 개인의 기억 속에서 불러오는 상황을 계속해서 제시하기도 한다. 젊은 순경이었던 시절 어수룩하게 있다가 보련원들을 총살하기 위한 차량에 장인어른을 태워 보낸 적 있던 '박 영감'이 장인어른의 파묘를 앞두고 환청과 함께 거울 속에서 "흐릿한 얼굴 형체들"(9면)을 만나는 이야기인 「해후」, 기록사진전에 갔다가 광장에 모인 생생한 익명의 얼굴들을 살피던 '그'가 집단으로 움직이는 일에 대한 거부감을 거두고 노 전 대통령 영결식에 모인 개개인의 절실한 진정성이 쉽게 꺼지지만은 않으리라고 생각하게 된 상황을 담은 「봄, 그리고 여름까지」가 그것이다. 이 소설들에서는 모두 사회가 흠집을 내왔던 얼굴들이 "지극히 개인적인 영역"(112면)이라 여기는 곳에서부터 구제되는 모습을 보여준다.

그렇다고 해서 이 소설들이 떠오르는 얼굴들에 실제로 존재했던 어떤 이름을 부여하는 것은 아니다. 가령 「봄, 그리고 여름까지」에서 초점화자인 '그'를 계속해서 상념에 빠뜨렸던, "냉수마찰을 하는 사내"(95면)는 독자들의 입장에선 떠오름직한 인물이 있기도 할 것이다. 하지만 중요한 것은 사내의 정체가 아니라 '그 사내'가 왜 소설 속 '그'에게 영향을 줄 수밖에 없었는지, 사내를 신경 씀으로써 '그'에게는 어떤 심경의 변화가 일어났는지에 있다.

사내를 떠올린 뒤부터 그는 예사롭지 않은 기분에 휩싸이고, 기록사진전에 다녀온 뒤부터는 더욱이 이름을 잘 알지 못하는 사람들이라 할지라도 각자 짓고 있는 "갖가지 표정"(108면)이 있음과 개개인들이 군중을 이룰 때는 어김없이 절실한 사유가 있으리라는 점을 깨닫는다. 이는 익명의 사람들이야말로 역사의 흐름을 형성하는 가장 중요한 구성원들이며, '잘 모르는' 이들과 '잘 모르는' 상황에 계속해서 관심을 갖는 방식이야말로 막막하게만 느껴지는 거대한 삶을 이해하는 방편의 일부라는 역설이기도 하겠다. 작가는 이로써 역사가 승인하지 않은 삶 역시도 제 몫의 목소리를 내면서 분명하게 살아있음을 증명하려는 듯 보인다.

기실 우리의 삶은 제도를 통해 가시화된 영역보다는 그 반대 영역에 있는 존재들과 그이들의 이야기로 계속해서 이어져왔을는지도 모른다. 그렇다면 익명의 얼굴들과 연루된 삶은 끊긴 적 없이 이어져오고 있을 뿐, 우리는 그 익명의 얼굴들을 역사 속에서 한때나마 '상실'했던 적이 있다고 함부로 단언할 수도 없을 것이다. 이는 사회가 잊은 얼굴들을 불러온다 해서 작가가 그 앞에서 성급한 애도를 선택하지 않는 이유이기도 하다. 대신 작가는 여전히 이어지는 삶 한가운데를 응시하는 방식으로, 더 말하지 않되 앞으로 지금과 관련해서 만들어질 감정은 더 많을 것임을 암시하는 방식의 결론을 자주 마련하여 지나간 시간과 쉽게 화해하려 들지 않으면서도 시간을 열어두는 태도를 취한다.

4

　과거와 좀처럼 화해하지 않는 바로 그 자리에서 지나간 시간과 다양한 경로로 연결된 현재의 삶이 어떤 형태로 계속해서 형성될 수 있는지, 복잡다단한 과거가 있는 이들은 어떻게 주어진 삶을 계속해서 견뎌나갈 수 있는지와 같은 고민을 조갑상의 소설은 어떻게 풀어내고 있을까. 이를 알아보기 위해선 "그 누구도" "이해할 수 없"(159면)는 「내 사랑 냉온장고」의 '송희 할매'나, 남편의 행동을 노심초사 바라보면서 뒷바라지를 하는 「패가 뭔지는 몰라도」의 '말임씨'의 이야기, 그외 작품 곳곳에 등장하는 나이 든 사람들의 서사를 살피면 된다.

　이들의 이야기는 소설의 '잘 모르는' 이들, '잘 모르는' 상황에 대한 관심이 역사와 개인의 관계만이 아니라 삶의 구구한 상황에 대한 이해까지도 가능케함을 보여준다. 누구도 쉽게 이해하지 못하는 이들의 속내에 관한 이야기는 그 삶에 대해 잘 모르는 일이 반드시 있을 수밖에 없다는 인식, 그러므로 지금 우리가 알고 있는 것이 전부가 아닐 수 있다는 판단을 전제했을 때에만 들리는 것일 테다.

　그러나 이해할 수 없는 일이 많다고 해서 삶을 멈출 순 없는 법이다. 「패가 뭔지는 몰라도」에서 말임씨가 부쩍 수상해진 남편을 달래가면서 이웃과의 문제 상황을 해결하는 대목을 보자.

　지금 나이에서는 왜 그랬는지를 세세히 따져 고치는 건 중요하지 않다. 일어난 일을 고스란히 받아들이고는 자존심이나 체면을 조금만 다치게 하면서 고약한 약점을 얼른 수습해 제자리로 돌려놓는 게 상수였다.(200면)

말임씨에게 중요한 건 남편의 행동을 위축되게 만든 '패'가 무엇을 의미하는지를 제대로 파악하는 일이 아니다. 그런 건 당장엔 몰라도 그만이다. 그보다 지금 상황에서 할 수 있는 일들을 차례차례 해결해나가는 것이 그녀에겐 더 중요하다. 별다를 게 없어 보이는 이 대목에 자꾸 눈길이 가는 이유는, 어쩌면 말임씨의 방식이야말로 작가가 제시하는 '지나간 시간'을 조건 삼아 지금 주어진 삶을 세공하는 방법의 구체일지도 모른다는 생각이 들어서다.

소설은 단지 주어진 과제의 해결을 위해서 존재하지 않으므로, 모르는 일들과 부대끼는 데 주저함이 없다. 소설이라면, 더 길을 잃어도 된다. 그러다 길을 잃은 지금 우리의 위치를 조목조목 살필 수 있는 것이 또한 소설인 셈이다. 그러니 모르는 일들을 그대로 두되 모르는 일과 연결된 지금의 일들을 우선 마주하는 것, 지금의 일을 차례로 살피는 가운데 모르는 일에 계속해서 새로운 의미를 입히는 것, 이와 같은 말임씨의 방법이야말로 흘러가는 시간을 붙잡을 힘도 없이 감히 시간을 상대하는 인간의 삶을 소설이 지지하는 방식이라고도 말할 수 있을 것 같다.

이는 어쩌면 우리가 처음부터 고민해왔던 소설의 시간 운용 방식과 통하는 이야기가 아닌가. 모든 게 해명되지 않는 실체로서의 인간이 우여곡절 속에서 행했던 선택에 의미를 새기는 일, 그러한 과정을 사라지게 두지 않고 살려두는 일, 그를 지켜보는 독자들이 안전하기만 했던 목격자의 자리에서 일어나 용감하게 자신의 삶을 바꾸는 자리로 이동하도록 만드는 일. 이 모두는 소설이 시간을 입체적으로 활용하는 과정에서 일어나는 일이다. 그리고 끝내 해갈되지 않는 얼굴로 남겨진 조갑상의 소설 속 인물들이 지금 우리 곁에서 행하는 일이기도 할 것이다.

梁景彦 │ 문학평론가

장편 『밤의 눈』 발표 이후 5년 만에 독자들을 다시 만난다.

한없이 더딘 내 발걸음이 보여 마음이 무겁다.

그동안 발표했던 작품을 펼쳐놓고 보니 대부분이 나이 든 사람들 이야기다. 소설의 주인공들도 작가와 함께 나이 들어가는 것 같아 조금은 씁쓸하다.

소설 속에서 6·25전쟁으로 이래저래 상처받은 인물들은 그들대로, 또 다른 갈등과 고민 속에 사는 인물들은 또 그들대로 우리의 현대사를 통과하고 있다. 분단은 너무나 엄연해서 오히려 잊고 있거나, 왜곡과 억압을 마냥 허용하고 있는 건 아닌지 그런 생각을 자주 해본다. 그리고 우리 앞에 갑작스럽게 놓인 노년의 길고 긴 시간을 어떻게 감당해야 할지 딱하고 걱정스럽다.

소설집 출간을 준비하던 2016년부터 올해 5월 대선까지 일어난 대변혁 앞에서 심신이 크게 요동치는 귀한 경험도 했다. 내 글쓰기가 그 변화를 어떻게 수용할 수 있을지 나름의 궁리도 해봐야겠다.

만해문학상 수상에 이어 창비 신세를 다시 진다. 한기욱 선생과 양경언 선생, 그리고 이선엽 편집자를 비롯한 문학출판부 여러분께 고맙다는 말씀을 전한다.

2017년 6월

조갑상

병산읍지 편찬약사

초판 1쇄 발행 • 2017년 7월 10일

지은이 / 조갑상
펴낸이 / 강일우
책임편집 / 이선엽
조판 / 박아경
펴낸곳 / (주)창비
등록 / 1986년 8월 5일 제85호
주소 / 10881 경기도 파주시 회동길 184
전화 / 031-955-3333
팩시밀리 / 영업 031-955-3399 · 편집 031-955-3400
홈페이지 / www.changbi.com
전자우편 / lit@changbi.com

ⓒ 조갑상 2017
ISBN 978-89-364-3748-0 03810